Juarez Donizete Ambires

# Imagens da infância e da adolescência em Otto Lara Resende



Porto de Idéias
EDITORA

São Paulo, 2010

# IMAGENS DA INFÂNCIA E DA ADOLESCÊNCIA EM OTTO LARA RESENDE

Juarez Donizete Ambires



Editor
Sebastião Haroldo de Freitas Corrêa Porto

Projeto Gráfico
Caroline Silva

Capa
Juliana Signal

Revisão
Lucas de Sena Lima

**Dados Internacionais de Catalogação na Publicação (CIP)**
**(Câmara Brasileira do Livro, SP, Brasil)**

Ambires, Juarez Donizete
Imagens da infância e da adolescência em Otto Lara Resende / Juarez Donizete Ambires. -- São Paulo : Porto de Idéias, 2010.

Bibliografia.
ISBN 978-85-60434-81-7

1. Adolescência na literatura 2. Infância na literatura 3. Resende, Otto Lara, 1922-1992. Boca do Inferno - Crítica e interpretação I. Título.

10-06439 CDD-869.98

Índices para catálogo sistemático:

1. Escritores brasileiros : Apreciação crítica : Literatura brasileira 869.98
2. Escritores brasileiros : Vida e obra : Literatura brasileira 869.98


EDITORA PORTO DE IDEIAS LTDA.
Rua Pirapora, 287 – Vila Mariana
São Paulo – SP – 04008.060
Tel. (11) 3884-3814 – Fax (11) 3884-5426
portodeideias@portodeideias.com.br
www.portodeideias.com.br
twitter.com/portodeideias

A um amigo chamado *Antonio Torre**.

* Antonio Torre nasceu em Brescia (Itália) a 30 de maio de 1927 e faleceu em Santo André (Brasil) a 09 de fevereiro de 2007. Espírito franciscano que era, foi amigo incondicional das pessoas, dos bichos e das plantas. Difundiu a concórdia por onde passou. Sinto a falta do amigo e sogro e dou graças a Deus por nossa convivência.

*Não sou alegre.*

*Sou triste e sofro muito.*

*Dentro de mim há um porão*

*cheio de ratos, baratas, aranhas,*

*morcegos, escuro, melancolia e solidão.* [1]

*E não sei de nada, estou preso num*

*quarto escuro, numa alcova infantil. Estamos*

*presos sempre: no útero, no berço, na sala de aula,*

*na casa, no casal, no caixão, na sepultura. Ser encarcerado,*

*o homem. Enjaulado. E vocacionalmente voltado para a liberdade.* [2]

---

1 Frase de nº 36 das "50 melhores frases de Otto Lara Resende", publicadas por Benício Medeiros em sua biografia do autor. P/ cf. busque-se: Medeiros, Benício. *Otto Lara Resende* (Série "Perfis do Rio"). Rio de Janeiro: Relume Dumará, 1998, p. 140.

2 Epígrafe extraída de entrevista de Otto a Paulo Mendes Campos, datada de 01 de Abril de 1975. P/ cf. busque-se: Santos, Tatiana Longo dos (org.). *Três ottos por Otto Lara Resende*. São Paulo: Instituto Moreira Salles, 2002, p. 58.

# Sumário

# Prefácio

*Ninguém sabe por si só quem é seu pai.*
*Homero, Odisséia, Rapsódia I*

Prefácios vêm antes, mas acontecem depois do livro que se vai ler. Devem, por isso, ser curtos. Este também será breve, escolhendo como objeto do seu comentário só algumas poucas das coisas fundamentais que o leitor vai encontrar no texto límpido e preciso de Juarez Donizete Ambires sobre *Boca do Inferno*, livro de contos do escritor mineiro Otto Lara Resende, publicado pela José Olympio em 1957.

Contos de um autor de formação católica habituado às essencialidades recônditas e à tensão psicológica dos textos de católicos franceses muito lidos no Brasil na primeira metade do século XX, Bloy, Claudel, Bernanos, Mauriac, Maritain, Péguy, põem em cena a alienação que adultos infligem em crianças ou que elas praticam, figurando-a cristãmente como mal físico, moral e metafísico. Como Juarez demonstra, Otto Lara Resende já tratara do tema da criança no artigo "A infância mestra da vida", publicado em julho/agosto de 1943 na *Revista Mariana*. Supondo que a criança não vive o passado e o futuro, ele aí afirma que a infância é uma experiência essencial da temporalidade que, por ser vivida como presente contínuo, pode ser imaginada como símbolo do mito e do cosmos. No entanto, justamente devido à sua desprevenção e não-autonomia, como se lê nos contos de *Boca do Inferno*, a infância é presa fácil dos poderes atribuídos pelo catolicismo ao príncipe deste mundo como vítima e agente do mal.

Embora cristãmente o mal não tenha ser, pois não tem um "em-si", definindo-se como privação de bem, na ficção dos contos de *Boca do Inferno* ele existe e insiste escandalosamente nas formas múltiplas da violência com que a ordem familiar autoritária produz corpos infantis como dejetos exemplares de suas regras. Todos eles dramatizam, Juarez demonstra minuciosamente a questão do sentido da experiência de quem sofre e de quem pratica o mal. Cristãmente, pressupõe-se que a dor humana completa o que falta aos sofrimentos de Cristo. Os contos denunciam que infelizmente falta muito. Cristãmente, afirma-se que o sofrimento sela a comunhão entre Deus e o homem. Os contos denunciam que infelizmente a comunhão não é nada evidente. Denunciam que no sofrimento humano, principalmente no sofrimento de crianças, há um horror inconcebível e indescritível que permanece plenamente inexplicável. Ele é o núcleo da experiência artística de Otto Lara Resende em *Boca do Inferno*, que Juarez define muito precisamente como livro "aglutinador de tensões nada idealizadas".

Tratando dessas "tensões nada idealizadas" com sua lucidez sempre espantosa, Lacan demonstra, em seu ensaio "Os complexos familiares na formação do indivíduo", o que afirma em outro, "Premissas a todo desenvolvimento possível da criminologia": a denúncia da morbidez do crime não pode ter por finalidade o ideal da adaptação do sujeito a uma realidade sem conflitos[3]. Isso porque a realidade humana não é só obra da organização social, mas relação subjetiva aberta à dialética patética que submete o particular ao universal da regra. O ponto de partida dessa submissão é sempre a dolorosa alienação do indivíduo em seu semelhante que encontra seus encaminhamentos na repressão e nas represálias da agressividade[4].

3 Cf. Lacan, Jacques. "Premissas a todo desenvolvimento possível da criminologia". In *Outros Escritos*. Trad. Vera Ribeiro. Rio de Janeiro, Jorge Zahar, 2003, p. 128.

4 Cf. Lacan, Jacques. "Os complexos familiares na formação do indivíduo". Ibidem, p.

No caso, a organização familiar é o primeiro agente social dessa submissão do particular ao universal da regra. Nas sete histórias de *Boca do Inferno*, Juarez o demonstra meticulosamente, a criança representa a verdade da família como corpo onde se exercem a alienação, a submissão, a violação, a humilhação e outros desastres, que põem o leitor em contato com os horrores do interdito, do fetiche, do crime, da culpa e da falta de explicação. Assim, tratando das crianças figuradas nos contos como sintomas da relação familiar modelada pelo catolicismo em suas versões populares e burguesas, Juarez estuda as representações do corpo infantil como um papel social onde a função do pai se grava como inscrição da Lei no desejo. Como indica agudamente, a imagem do pai é ao mesmo tempo repressiva e sublimadora, polarizando as formas do ideal de eu – o ideal viril no menino, o ideal virginal na menina – na família dos contos.

Demonstra, com isso, que em *Boca do Inferno* o diabo não é causa, mas produto da regra corporificada na instituição familiar de crianças de uma pequena cidade imaginária do interior de Minas Gerais. Nessa sociedade provinciana e conservadora representada nos contos, a imagem do pai é autoritária e repressiva, mas a mesma repressão também se projeta neles nas sublimações ficcionais que a superam. Quando a repressão vence, o leitor testemunha as misérias das crianças vítimas e agentes do mal representadas por Otto; quando a sublimação vence – e a literatura quando é boa é uma forma em que ela vence – encontra felizmente a arte maior em que Otto representa os processos violentos da repressão transcendendo a miséria das ações e dos temas representados.

Dando conta dos pressupostos doutrinários do catolicismo mimetizados nos contos, Juarez os situa numa vertente intimista e agônica da literatura brasileira em que se inclui a ficção de um Octávio de Faria, de um Lúcio Cardoso, de um Antonio Carlos Villaça. Pecado, conflitos da carne e da liberdade, repressão e culpa, arrependimento e angústia, pureza e impureza são tópicas rotineiras nessa literatura católica. No caso, demonstra, o autor Otto Lara Resende não é uma categoria biográfica, mas a forma de uma sensibilidade simbólica que ordena a representação tomando posição contra o reacionarismo da chamada "tradicional família mineira" e da Igreja institucional.

Como Juarez evidencia, o pai de Otto tinha realmente muita razão em ficar indignado com o título que o filho deu ao primeiro conto, "Filho de padre". Homem da direita católica, talvez se indignasse, porque o título é uma contradição nos termos que, ao fazer alguém ser filho de um homem autocastrado em nome do poder e do gozo de um Super-Pai, sugere ser mera pretensão, evidenciada em seus excessos disciplinares, sua posição como pai brutalizador do afilhado, o menino Trindade. Falando do "excesso da paternidade" do padre, Juarez evidencia o equívoco de sua posição autoritária que, representando a Lei de Deus e dos homens, rebaixa o afilhado com castigos físicos e morais que reproduzem, sugere, os bons tempos antigos da escravatura.

Otto não escreve univocamente, contudo, e o leitor também se vê às voltas, no caso deste e dos outros contos, com as ambiguidades da culpa, pois o agente da violência também é prisioneiro da regra que executa. Mas o leitor entenderá que o parricídio é uma consequência lógica dos maus tratos. Também entenderá que, escondendo-se na gruta depois de assassinar o padrinho com veneno de rato, Trindade revive, sem saber, o mito grego da *nekyia*, a descida ao Inferno realizada pelo filho para encontrar a sombra do pai, que Juarez analisa com pertinência e finura.

O segundo conto, "Dois irmãos", retoma o arquétipo de Abel e Caim na figuração dos irmãos Gílson e Mário. O primeiro é constituído pela família como lixeira do recalcado universal. Quanto Mário morre, o filho pródigo é mais e mais odiado pelos pais e, navalha na mão, corta o próprio órgão, desintegrando-se como gente. O falo é potência geradora, vida, princípio de criação, lembra Juarez, também propondo que sua ausência significa a perda da potência geradora. Em seu valor simbólico estendido, o falo é ordem e equilíbrio, significados que podem sugerir causas da desestrutura da família em que o pai estiver ausente ou daquela em que sua presença não cumpre sua função. No imaginário, o falo se confunde com a figura do pai; na ordem simbólica, é a regra; crianças sem pai ou com pai ausente também têm a experiência dele, pois têm linguagem. O conto é ambíguo, assim, e deixa ao leitor a decisão acerca do sentido final da automutilação: fantasia arcaica de desmembramento, retorno à mãe, recusa total da regra do pai, total submissão à regra?

Floriano, de "O Porão", é uma espécie mineira do Julien da primeira parte do conto "Julien l'hospitalier", de Flaubert: um menino mau, frio, sádico. Por quê? Não há porquê. Especializado em torturar e matar animais, não tem pai e vive um mundo mudo, num silêncio atravessado da pulsão de morte. Faz do porão sob a cozinha de sua casa um espaço de sacrifícios de animais e do assassínio de um amigo, Rudá. O porão, como a gruta de "Filho de padre", é um arquétipo do lugar escuro, podre e desesperançado da morte. Como Juarez informa, o próprio Otto declarou certa vez: "Dentro de mim há um porão cheio de ratos, baratas, aranhas, morcegos, escuro, melancolia e solidão", enunciado que cita o que Brás Cubas diz sobre a natureza do seu cérebro no capítulo XXXIV de *Memórias Póstumas de Brás Cubas*.

Em "Namorado morto", é a menina Doquinha que vive o luto da perda do amor. Deitada sobre "a racha da pedra da memória", seu mal é a melancolia e a tristeza que a roem silenciosamente como pecados da alma de que ela não tem consciência.

"Três pares de patins" encena a perda da suposta pureza que encontramos nas idealizações da infância. Os irmãos Betinho e Débora e o amigo Francisco deixam de brincar com os patins, saltam o muro de um cemitério e ali copulam como bichos sob a escultura de um anjo de bronze. Juarez interpreta o ato como representação do carnaval, em que "a carne vale" e salta o muro dos interditos. Quando as crianças deixam para trás seus patins como imagens da infância que abandonam, o que produz seu ato? A pura motivação sexual? Talvez. Pois há uma alegoria, como Juarez indica, no salto para dentro do cemitério como um salto deliberado para a morte. Cristãmente, sabe-se, o pecado é um afastamento deliberado de Deus como a morte em vida.

No entanto, há que se pensar que os contos também põem em cena o que Schleiermacher, por exemplo, chamou de atmosfera dominante que perverte as escolhas. Uma condição social inautêntica devido ao seu conservadorismo, como é o caso da tradicional família mineira, põe os indivíduos em desacordo consigo mesmos. É essa inautenticidade que Otto denuncia, demonstra Juarez. Ela fica explicitada no conto seguinte, "O segredo": Sílvia, órfã de pais vivos, é estuprada por um desclassificado e mantém o acontecimento infame no segredo da "floresta interior" indiciada em seu nome.

Juarez evidencia que Otto afasta-se das versões reacionárias do catolicismo, como as dos romances de Octavio de Faria, em que o mal está no corpo, principalmente no sexo. Afirmando a unidade de dois sexos como natureza anterior a toda prática, tais versões entendem que fora da instituição do matrimônio ele é um pecado. Assim, quando a família submete a criança ao autoritarismo da sua moral religiosa, também a integra politicamente na normalidade suposta da ordem do Estado. Nos contos de Otto lê-se o avesso desse pecado pressuposto. Ele conhece Freud e sabe que há um sexo só, o sexo humano, e que suas variantes são posições culturais. Logo, também sabe que é a normalidade suposta na instituição familiar que, em geral, produz as perversões que justificam as medidas das regras repressoras. Assim, não localizando o mal no sexo, ainda que em alguns contos do seu livro seja nele que se manifesta, sugere que há algo mais indefinivelmente profundo e terrível no mal, que parece transcender as causas naturais que são alegadas como explicação dele.

Dando conta do estilo dos contos, o método da escrita de Juarez é meticuloso, claro, minuciosamente preciso. Com modéstia fingida, finge ter a ousadia de dizer o que sempre acaba dizendo. Sua análise e sua interpretação das formas da repressão e de seus efeitos desagregadores são feitas como uma estilística da conotação, que associa a ação principal narrada a imagens definidas como alegorias. Com o procedimento, evidencia como um significante inicial da alienação recebe amplificações que o constituem como um símbolo de princípios míticos e metafísicos que ultrapassam a simples realidade empírica que é figurada. Assim, como demonstra, o espaço físico é alegoria do espaço imaginário e simbólico. A gruta, em oposição ao espaço aberto, é simultaneamente proteção e contato com o fundo escuro do mal. O porão, em discordância com a casa, mantém relação de complementaridade com ela como seu recalcado sombrio. O cemitério, como espaço da morte por oposição ao espaço da vida da praça, figura a desagregação do pecado. A pedra rachada simboliza a divisão da alma de luto. Do mesmo modo, o nome "Sílvia" motiva a significação "floresta" que motiva o inconsciente. E "Trindade" não deixa de ser um nome divertidamente irônico para um menino "filho de padre".

*João Adolfo Hansen*
*Professor de Literatura Brasileira na Universidade de São Paulo.*

# Introdução

O ensaio ao qual intitulamos *imagens da infância e da adolescência em Otto Lara Resende* contém cinco capítulos, que buscam o diálogo entre si, para a consecução do tema.

No intuito de construir-se, nossa tese destaca *Boca do inferno*, livro que completou cinquenta anos de publicação e que, na circunstância de seu lançamento, causou polêmica.

A escolha do escrito prende-se ao fato de o livro de contos, em suas sete histórias, ter por personagens centrais crianças e adolescentes, faixas etárias que, no acolhimento que Otto lhes empresta, se tornam assunto polêmico e, em nossa opinião, o grande tema da obra do autor.

No desenvolvimento da proposta, Lara Resende mostra-se ainda escritor tocado por experiências literárias que o antecederam. Nomes como os de Machado de Assis e Raul Pompéia, por isto, se destacam. Otto, no entanto, dá valiosa sequência ao tema, estabelecendo um elo de fina literatura com os mestres e, cremos, com a posteridade.

Concretizando nosso propósito, primeiramente, então, nos envolvemos com uma história da infância. No capítulo em referência, entretanto, a infância se apresenta como construção social. Noutro plano, também como um produto da história, ao qual muitos assuntos se associam, para que, em fins do século XVIII e inícios do XIX, se fixasse em nossa referência de imagem da infância.

Estruturando o nosso capítulo, buscamos ainda o apoio de confirmações extraídas de movimentos artísticos. Na recuperação do histórico, a arte, à ocasião, soube dar valioso testemunho das mudanças em curso e tornou-se nosso instrumento para a constituição de um raciocínio.

O segundo capítulo, pela vez dele, incumbe-se de particularizar fatos. Nele, pusemos em foco o autor e sua vinculação com o tema "infância e adolescência". Antes da vinculação, contudo, o procedimento foi o destaque das ideias e valores presentes na formação do autor.

No terceiro capítulo de nosso propósito, a intenção fixou-se em uma apresentação de *Boca do inferno*. Para tal, recorremos, em primeira instância, a dados da história de recepção do livro em seu lançamento. Após, detivemo-nos em aspectos do estilo de escrita do livro. Em última ação, buscamos nos aproximar dos elementos da narrativa, detendo-nos na figura do narrador.

Já o quarto capítulo, no que lhe é pertinente, se incumbe de leitura interpretativa de cada um dos contos de *Boca do inferno*, trazendo à cena crianças e adolescentes em suas tragédias particulares. Na escrita deste momento, buscamos alcançar uma estética da conotação. O cotidiano nada plácido dos menores foi o incentivo da tentativa.

Findando nossa análise, apresenta-se o quinto episódio do texto que ainda desenvolve leitura interpretativa de significados do livro de Otto, cujo cinquentenário propusemo-nos celebrar, tal como o autor, dezoito anos após sua morte.

Parte do capítulo é ainda preocupação com o núcleo familiar e neste meio, a ação particularizada do masculino. Nos enredos em questão, o pai não representa o lado fasto da vida de crianças e adolescentes.

De algum modo, em tudo ele se faz presente. Em atitudes de autodestruição as crianças em evidência o expressam. Na mesma expressão, entretanto, há o paradoxo de uma intensa recusa. As imagens da infância e da adolescência que buscamos interpretar em suas essências muito devem a ele.

# I

*Nossa menina é uma belezinha.*
*É morena e muito bonita. Lá vem ela. [...] Eu a amo muito.* [5]

Na História da Literatura Brasileira, Otto Lara Resende não é, obviamente, o primeiro de nossos escritores a se interessar pelo tema "infância e adolescência" e dele se valer para a criação literária.

Em nosso meio, o uso da temática antecede, é claro, à utilização que dela fez o escritor mineiro, levando-nos o mesmo uso ao século XIX, episódio no qual não apenas no Brasil, mas no ocidente como um todo, cremos, poetas e escritores românticos celebrizaram o tema e o tornaram um valor universal, marcado indubitavelmente pela visão de mundo de sua escola.

Antes de abordar, no entanto, esta essência literária, pensamos fazer necessárias menções a diversos fatos da Era Moderna que indicam alterações em curso – profundas alterações – nas estruturas sociais particularmente da Europa Ocidental, espaço e cultura onde "infância" e, em paralelo, "família", "escola" e outros temas (correlatos ou não) estão ganhando, à época, novos contornos.

As alterações que ocorrem e às quais aludiremos, por sua

5 Mme. de Sevigné, *Lettres*, 08 de janeiro de 1672, citada por Philippe Ariès. P/ cf. busque-se: Ariès, Philippe. *História social da criança e da família*. Tradução de Dora Flaksman. Rio de Janeiro: Guanabara S.A., 1981, p. 68.

vez, são indícios, em nossa leitura, de que a mesma "infância" tal como a concebemos é um produto datado no tempo ou, noutros termos, é "constructo histórico"[6] .

A ideia, sabemos, é muito cara ao século XIX e especificamente a uma de suas figuras centrais que é Karl Marx, estudioso cujo pensamento muito se radica nas circunstâncias do âmbito econômico e respectivas determinações, bem se o sabe, mas que aplicou esta lógica fundamentadora sobre vários temas, resgatando-os para uma nova luz ou perspectiva. A "infância" é, de modo indireto, um destes resgates.

No plano direto, o que coube a Marx foi indagar sobre as origens da família em livro que ele pessoalmente não escreveu (a morte não lho permitiu), mas para o qual deixou pesquisa e apontamentos utilizados por Engels, o amigo comungante de ideias.

O conteúdo ao qual Friedrich Engels dará forma chamar-se-á *A origem da família, da propriedade privada e do estado*[7], título no qual se percebe uma associação complementar de estruturas que são "família", "estado" e "propriedade", triunvirato que passa por modificações desde recuada Antiguidade, que atinge determinados contornos, sendo três instituições que se inter-relacionam na perspectiva da história que é progressiva, segundo o mesmo Marx.

O primordial, entretanto, de nossas ideias e esclarecimentos anteriores é reforçar o parecer de que "infância" é construção, é criação que se pode flagrar em seu acontecimento que não é instantâneo, mas sim duração, desdobramento, desenvolvimento ou, em termos mais ao gosto,

---

6 Tomamos de empréstimo a expressão entre aspas de texto de João Adolfo Hansen, que versa sobre infância e educação aristocráticas em monarquias absolutistas católicas dos séculos XVI e XVII. P/ cf. busque-se: Hansen, João Adolfo. "Educando príncipes no espelho". In: Freitas, Marcos Cézar de e Kuhlmann Jr., Moysés (org.). *Os intelectuais na história da infância*. São Paulo: Cortez, 2002, pp. 61 a 97.

7 P/ cf. busque-se: Engels, Friedrich. *A origem da família, da propriedade privada e do estado*. Tradução de José Silveira Paes. 3.ed. São Paulo: Global Editora, 1986, 237 p.

acreditamos, do pensamento marxista, instituição social e, por isto, variante, conforme as práticas familiares e, obviamente, institucionais.

Ligado em nossa avaliação, a esta linha de raciocínio, encontra-se Philippe Ariès que, em *L'enfant et la vie familiale sous l'Ancien Regime*[8], averiguou com sensibilidade na figuração de crianças (na pintura sacra e profana de alguns países europeus, nos dois séculos iniciais da Era Moderna) as mudanças que paulatinamente ocorreram, permitindo a ele a afirmação de que o sentimento da infância estava instituído, era nova tópica e ação social.

Apesar de sua concepção diferenciada de história, Ariès – que esteve ligado ao estudo das mentalidades, do cotidiano, ao resgate de uma história não vinculada diretamente às circunstâncias econômicas – conclui pela instituição da infância e – vale sempre destacar – pelo espraiar do seu sentimento em meio às camadas mais favorecidas da população (nem sempre as aristocráticas propriamente) que acabam por ser as que se locupletam com a arte (no caso, particularmente a pictórica que foi o principal alvo das atenções do historiador francês) e oferecem o seu modelo de vida a outros segmentos da população.

Deste modo, no seio de uma família que está passando por modificações em sua estrutura, a infância vai ganhando o estado de infância que ao termo atribuímos, e a revelação do fato vai se dando no gesto concreto da retratação de uma fisionomia, de uma anatomia que tem contornos próprios e é tratada com algum desvelo[9].

---

8 Também consultamos o livro em tradução para a Língua Portuguesa. P/ cf. busque-se: Ariès, Philippe. *História social da criança e da família*. Tradução de Dora Flaksman. 2.ed. Rio de janeiro: Guanabara S.A., 1981, 279 p.

9 A criança do período medieval é, no caso, o contraponto e Pastoureau nossa afirmação corrobora, quando informa que "na Idade Média, os adultos eram bastante indiferentes em relação às crianças pequenas. Muito poucos textos ou obras de arte nos mostram pais encantados, enternecidos ou abalados pelos gestos dos filhos antes da idade da educação". Acerca do assunto o mesmo autor ainda diz: "do mesmo modo, não há uma roupa própria para cada

Com esta atitude, de algum modo se institui a paulatina negação da ideia de que a criança é o adulto em miniatura, curiosamente conceito ainda de intensa aceitação no próprio Antigo Regime, fato que, em nossa leitura, não se limita a indicar apenas os aspectos contraditórios de um episódio, mas também o quanto ele significa de transição, de mudança em processo, mormente nos dois primeiros séculos da Era Moderna.

O terceiro destes séculos – o XVIII – seria a explicitação do novo que, em nosso caso, é a criança no seio da família moderna – a unicelular – ou a centrada nas figuras que concebemos como pilares: o pai, a mãe e os filhos ou, às vezes, o único filho.

Com isto, será a centúria referida, o episódio, na Europa Ocidental, de um adeus mais definitivo à estrutura familiar de viés mais abrangente, mais centrada na grande malha do parentesco, inspirada em uma linha de autoridade exercida também por tios, avós, padrinhos, irmãos mais velhos, mais aberta à vivência comunitária, sem uma separação mais consistente dos membros formadores por suas faixas etárias ou idades.

Em paralelo, vale ressaltar que o novo padrão de família mantém íntima relação com a burguesia ascendente a qual, no século XVIII, assiste à vitória de suas práticas e representações, como são os casos, entre outros, do seu ideal de vida privada, tema correlacionado ao anterior e também desenvolvido por Philippe Ariès[10].

O novo modelo de família será, também e por sua vez,

---

idade da vida: com exceção das crianças de colo, solidamente empacotadas num cueiro de onde só emerge o rosto, *todos se vestem como adultos*" [grifo nosso]. P/ cf. busque-se: Pastoureau, Michel. *No tempo dos cavaleiros da Távola Redonda*. Tradução de Paulo Neves. São Paulo: Companhia das Letras, 1989, pp. 20 e 89.

10 P/ cf. busque-se: Ariès, Philippe; Chartier, Roger (org.). *História da vida privada* (vol. 3). Tradução de Hildegard Feist. São Paulo: Companhia das Letras, 1993, 637 p. Um dos textos constituintes da parte 2 (Formas de privatização) do volume referido é "A individualização da criança" (pp. 311 a 329), de Jacques Gélis, escrito com o qual muito nos coadunamos.

contradição a muitos dos hábitos de uma aristocracia que, a seu modo e maneira, convive com os segmentos burgueses em ascensão.

Dessa forma, as já, à época, antigas práticas da aristocracia em relação à infância se fazem repetir[11], implicando o fato de crianças afastadas de suas mães para serem educadas, por exemplo, em casas senhoriais mais abastadas, onde a convivência – e convivência entre iguais – ensina um padrão, um ideal[12] que, com certeza, não é o do homem burguês.

O representante do terceiro estado será aquele que, no século XVIII, ansiará pela convivência familiar, pela proximidade entre pais e filhos, pelo recolhimento à sua casa que, sob portas cerradas, é o espaço maior do encontro consigo mesmo, da liberdade, da vivência da privacidade que se corporifica em escritório, em quartos individuados, no ter e usar objetos pessoais que, de algum modo, estão garantindo o novo padrão que é o da individualidade e na semântica que a cultura burguesa forjará para o termo.

11 No caso, a alusão é ao "pajem medieval", figura que se estende no tratamento dispensado a crianças e adolescentes da aristocracia na Era Moderna, cronologia de nosso principal interesse no capítulo em questão. Sobre o mesmo "pajem" encontra-se dito: "a vida do cavaleiro começa por uma longa e difícil aprendizagem, inicialmente no castelo paterno e, depois, a partir dos 10 ou 12 anos, junto a um rico padrinho ou um grande protetor. A primeira formação, familiar e individual, tem por objetivo ensinar os rudimentos da equitação, da caça e do manejo das armas. A segunda, mais longa e mais técnica, é uma verdadeira iniciação profissional e esotérica, sendo praticada coletivamente. Em todos os escalões da pirâmide feudal, com efeito, cada senhor é cercado de uma espécie de 'escola de cavalaria', onde os filhos de seus vassalos, de seus protegidos e eventualmente parentes menos afortunados vêm aprender o ofício militar e as virtudes do cavaleiro. Quanto mais poderoso o senhor, maior o número de seus alunos" ou, em intervenção nossa, maior o número de seus pajens. P/ cf. busque-se: Pastoureau, Michel. *No tempo dos cavaleiros da Távola Redonda*. Tradução de Paulo Neves. São Paulo: Companhia das Letras, 1989, p. 47.

12 Quanto a este aspecto e outros da educação em meios aristocráticos na Era Moderna vale consultar livro organizado e prefaciado por Pécora. P/ cf. busque-se: Pécora, Alcir (org.). *A arte de conversar. Morellet e outros*. Tradução de Edmir Missio e Maria Ermantina Galvão. São Paulo: Martins Fontes, 2001, 168 p.

As visões de mundo aristocrática e burguesa estariam neste aspecto, como se vê, em divergência e o século XVIII deixará a situação bem explicitada.

O cotidiano aristocrático – ao menos o da aristocracia mais titulada e rica – foi, para exemplo, o do desprezo aos emergentes, o do culto à hierarquia e a toda etiqueta que ela envolvesse[13]. Seus valores sustentavam-se na defesa de que no nascimento estavam impressos os estigmas que regeriam as vidas, de que havia direitos associados ao nascimento que eram naturais e que, por isto, deveriam se perpetuar, criando o fato um mal-estar que a burguesia vencedora – a da Revolução Francesa – tratará de abolir, eliminando no seu mundo regido por constituição os privilégios de casta[14].

A única manutenção permitida será a do direito inalienável à propriedade[15], valor intimamente ligado à face conservadora que a mesma burguesia, uma vez já revolucionária, veio a assumir no século XIX.

Explicitados estes aspectos, estaríamos, pensamos, mais aptos a entender que, para a estrutura em que valores mais aristocráticos são os vigentes, o que soa como mais verdadeiro para ao menos alguns dos segmentos sociais é, em retorno à nossa temática, a ideia de que "infância" é significação ligada à sua etimologia.

Devido a isto, é primeiramente um termo derivante do verbo latino *fari*, "falar", cujo particípio presente é *fans* que

13 "Hierarquia" e sua manutenção são palavras de ordem, quando se trata da aristocracia do período referido. Diretamente ligada ao fato está a palavra "etiqueta", de algum modo a substituinte da prerrogativa da guerra, a cuja perda já se aludiu. P/ cf. busque-se: Ribeiro, Renato Janine. *A etiqueta no antigo regime: do sangue à doce vida*. São Paulo: Brasiliense (Série "Tudo é história"), 1982, 109 p.

14 À Revolução Francesa a historiografia vincula a liberdade, a *igualdade* e a fraternidade [grifo nosso]. Maiores informes sobre o assunto são encontrados na parte 1 do volume 4 da *História da vida privada*, na Europa. P/ cf. busque-se: Perrot, Michelle (org.). *História da vida privada* (vol. 4). Tradução de Denise Bottmann e Bernardo Joffilly. São Paulo: Companhia das Letras, 2006, pp. 15 a 51.

15 P/ cf. busque-se: Saliba, Elias Thomé. *As utopias românticas*. São Paulo: Estação Liberdade, 2003, 109 p.

significa "o que fala" ou "o falante". Contudo, por conta do prefixo negativo in, tem-se, a princípio, infans com o sentido de "o que não fala" ou "o não-falante"[16].

Cabe, então, lembrar que, na situação, seria, assim, o período da vida que abarca todos "os que não falam" e requerem, por conta do fato, formação, educação, para deixarem o estágio de "não-falantes" ou, já em ampliação semântica do termo, deixarem o que é "infantil".

Ligada a estas significações está, ainda e em verdade, a ideia de que a infância é indubitavelmente época de vida[17], mas, por conseguinte, episódio a ser superado por um que lhe é superior: a fase adulta que, em hipótese, é o período em que se fala e, por extensão, em alguns casos, se fala bem, pois o adulto (alguns ao menos) já recebeu formação, introjetou normas ou, noutros termos, transformou-se no modelo que lhe foi oferecido.

Antes das menções ao modelo – que foi culto de muitos à época – e sua nomeação, é preciso ainda destacar que, no registro cultural em evidência, *infância* é também termo ligado a *infante*, designação sinônima de *príncipe* (muita vez, em França, também chamado delfim) que é, em sua validade, a criança entre as crianças e aquele a quem, por isto, cabem as *coisas principais*.

Se mesmo o *príncipe*, contudo, é, ao menos em parte de sua vida, alguém que "não fala", ao vir a falar, implícito está que deva ser "o que fale direito", também "o que fale por

---

16 Os termos, cujas apreciações etimológicas são exploradas no parágrafo e posteriormente, foram averiguados no dicionário de Cunha. P/ cf. busque-se: Cunha, Antônio Geraldo da. *Dicionário etimológico da língua portuguesa*. Rio de Janeiro: Nova Fronteira, 1982. Já o incentivo para o trabalho com a etimologia vem de texto de João Adolfo Hansen. P/ cf. busque-se: Hansen, João Adolfo. "O discreto". In: Novaes, Adauto (org.). *Libertinos libertários*. São Paulo: Minc/Funarte/Companhia das Letras, 1996, pp. 77 a 102.

17 Este episódio nos remete ao texto já citado de Jacques Gélis. P/ cf. busque-se: Gélis, Jacques. "A individualização da criança". In: Ariès, Philippe; Chartier, Roger (org.). *História da vida privada* (vol. 3). Tradução de Hildegard Feist. São Paulo: Companhia das Letras, 1993, pp. 311 a 329.

todos", ditando-o a toda a gente, procedimento e possibilidade que, mais do que para qualquer um outro, cabem àquele que será rei.

Deste modo e como já se mencionou, os segmentos sociais vinculados a estes pareceres importam-se com a formação dispensada às suas crianças que são as aristocráticas ou as melhores, que crescem com a incumbência de assistir ao príncipe e de ser os seus pares, já que muitas delas descendem da nobreza ou virão a constituí-la.

A estas crianças impõem-se o culto ao discreto[18], aquele que pratica a *discrição*, mas no sentido que a cultura letrada dos séculos XVI e XVII dará ao termo.

Nesta situação, o vocábulo estará nos remetendo ao particípio passado do verbo *discernir*, ficando o *discreto*, por isto, envolvido o tempo todo com a ideia de tino, juízo, mas juízo capaz de penetrar no intrincado dos assuntos, em seus meandros. O *discreto*, neste contexto, é o que tem a perspicácia, a perspicuidade, o que tem o poder de distinguir.

Nesta linha de correlações, o termo ainda se liga intimamente à prudência e ao engenho, capacidade (talento) intelectual (jamais manual) de invenção, querendo-se com isto, nas categorias de representação desta época, evitar que o príncipe ainda criança e seus interligados se imbuam da vulgaridade, negativa oposição ao estado de excelência que é o da discrição e seus dispositivos que, na ambiência em destaque, naturalizam as desigualdades sociais ou garantem as posições hierárquicas.

Este ideal de educação, ministrado no lar, em colégios jesuítas[19], em academias ou em instituições variadas, pro-

18 Hansen é certamente nossa maior referência no assunto em questão. Para consulta, recorra-se ao texto do estudioso citado na nota 16.

19 Na Europa, é intenso o trabalho jesuítico nos colégios da Ordem, para a formação da infância e da juventude em moldes católicos. A política educacional inaciana, contudo, destaca-se no período pela declarada aversão a Maquiavel e seus ensinamentos contidos em *O príncipe*. A ação pedagógico-religiosa jesuítica também colaborará de algum modo para princípios de individualização da criança nos séculos XVI e XVII. Ainda cabe dizer que os padres de Santo Inácio

move a distinção do corpo do príncipe e seu segmento, do corpo da criança do povo que, assim, é corpo baixo e vulgar, em detrimento do outro que, na justa e concomitante medida, se torna alto e sublime.

A aprendizagem da discrição, entretanto, não se adstringia à infância. Devido à complexidade que cercava o ideal, era formação que se iniciava em idade precoce do cortesão, mas se estendia por sua vida, havendo a preocupação de que qualquer um de seus momentos se transformasse em episódio de exercício, de vivência de uma habilidade da cortesania ou discrição.

Para tal, havia ao dispor um aparato de regras de que se poderia lançar mão em todo e qualquer acontecimento, fato que, obviamente, implicava devoção à aprendizagem.

Em uma sociedade de corte, ser e parecer eram fatos imbricados e se tornava questão de vida e morte saber o quanto se vergava a cerviz ante um duque ou ante um barão, sob pena de a curvatura descuidada poder igualar posições e causar desprestígios.

Apesar de todas as suas exigências, o ideal de discrição manteve-se vivo e atuante em setores da sociedade do Antigo Regime, mesmo quando o século de referência já era o XVIII, com os seus gritos de mudança.

A vigência referida, ajuda-nos a percebê-la, por exemplo, Peter Burke, em livro[20] no qual historia a recepção de

foram, em paralelo ao trabalho dos frades carmelitas, incentivadores do culto ao menino Jesus ou Deus-menino, que é veiculado como símbolo de inocência e doçura, cuja adoração tornou-se muito popular no século XVII e é, de alguma maneira e em nossa leitura, um indicativo de um social que está se modificando ante a infância. P/ cf. busque-se: Del Priore, Mary. "O papel em branco, a infância e os jesuítas na colônia". In: Del Priore, Mary (org.). *História da criança no Brasil*. 2.ed. São Paulo: Contexto, 1992, pp. 10 a 27. Além do citado culto ao menino Jesus, fala-se também do nascimento e desenvolvimento do culto aos "santos-crianças", cujas qualidades estavam se tornando notórias nas comunidades emergentes da colônia. P/ cf. busque-se: Del Priore, Mary. *Festas e utopias no Brasil colonial*. São Paulo: Brasiliense, 1994, p. 73.

20 P/ cf. busque-se: Burke, Peter. *As fortunas d'o cortesão*. Tradução de Álvaro Hattnher. São Paulo: Unesp, 1997, 232 p.

um escrito muito lido e presente nas cortes europeias da Era Moderna, que é *O cortesão*, de Baldassare Castiglione[21].

Em uma apresentação que entrelaça os vieses do cronológico, do geográfico e do sociológico, tem-se pormenorizada notícia do número de edições que o livro de Castiglione conheceu, entre os séculos XVI e XVIII.

Tem-se também notícia de sua popularidade em meio a alguns setores letrados, podendo até mesmo ser incluído na categoria de "espelho de príncipe"[22], "literatura"[23] muito conhecida e consumida, à época, mesmo por crianças e em cronologia na qual o sentimento da infância (volta-se aqui em alusão a Ariès) já está instituído, como anteriormente se afirmou, e a infância passa a gozar de adequações no tratamento recebido, que seriam prenúncio do que expressarão acerca da criança os séculos XIX e XX.

Antecedendo, entretanto e obviamente, os períodos em última referência, está o século XVIII, episódio radical na expressão do novo quanto ao tema de nosso maior interesse e também no que concerne a outros aspectos culturais,

---

21 O livro de Castiglione (*Il cortegiano*, em sua língua de origem) foi lido mesmo no Brasil. Os jesuítas o trouxeram para a colônia e o utilizaram com seus educandos índios, mestiços e brancos. P/ cf. busque-se: Castiglione, Baldassare. *O cortesão*. Tradução de Carlos Nilson Moulin Lozada. São Paulo: Martins Fontes, 1997, 353 p.

22 Escritos de teor edificante, muito utilizados para a formação do príncipe e, na extensão, dos seus correligionários. Na Idade Média, era conhecido por *speculum* ou *specula principum*. Nos meios católicos, conhecido espelho de príncipe, por exemplo, foi, no século XVII, *Oráculo manual e arte de prudência*, do jesuíta espanhol Baltasar Gracian. Famoso texto em língua portuguesa utilizado nas mesmas inferências foi *Os lusíadas*, de Camões. Lido para D. Sebastião, tornar-se-ia, segundo certo parecer, um dos fortes incentivos para a expedição de fim trágico ao norte da África, em 1578.

23 Aqui, utilizamos o termo "literatura" com certa liberdade. Partilhamos, na verdade, da ideia de Darnton de que para a literatura como a conhecemos são necessários três quesitos: o autor (o escritor profissional), o público leitor e o livro como mercadoria. Estas circunstâncias só são possíveis na virada para o século XIX. P/ cf. busque-se: Darnton, Robert. *Bohemia literária e revolução*. Tradução de Luís Carlos Borges. São Paulo: Companhia das Letras, 1987, 271 p.

todos irmanados entre si e, na extensão, à história da infância e adolescência.

Buscando-se, então, a esta convergência, ainda lembramos que se manifesta o último século da Era Moderna como, para exemplo, cronologia em que, no ocidente, se firma a ideia de povo, mas na acepção que damos ao fato.

À altura – mais essencialmente para fins do período – inicia-se a conexão entre populações e projetos nacionais, circunstância que é o resultado de um processo, cujos princípios envolvem até mesmo uma melhor definição entre o que seja cultura popular e cultura erudita, e também circunstância que vai encontrar seus ecos em rebeliões e revoluções do setecentos e do século posterior[24].

Nas cenas da vida doméstica, por sua vez – aparente oposição aos espaços abertos e públicos das rebeliões – parte mais intensa do contexto privado passa a ser o animal de estimação, presentificado particularmente em cães e gatos, substitutos burgueses e principalmente citadinos daqueles que, no passado, foram os animais da estima aristocrática: o cavalo e a ave de rapina – treinados ambos (aquele, para as lides da guerra e do torneio; este, para a caça), para servir a senhores, serem como que suas extensões na esfera do domínio e não do sentimento.

Já presentes nas telas de Chardin e outros pintores, cães e gatos, no século XVIII, passam a ser expressões de um cotidiano não mais marcado em sua totalidade pelo tom utilitarista e econômico da existência.

De algum modo, na cronologia em destaque, eles estão se tornando representações de um novo eu que, particularmente na Inglaterra, já veicula a hipótese (e, por isto, a aceita) de que os bichos têm sentimento, linguagem, níveis de compreensão, de que o animal pode estar além da função prática que se lhe dava na sua convivência com o humano.

---

24 Burke é também estudioso do fato e sobre o mesmo nos oferece um texto substancial. P/ cf. busque-se: Burke, Peter. *Cultura popular na idade moderna*. Tradução de Denise Bottmann. São Paulo: Companhia das Letras, 1998, 385 p.

A nova circunstância – que, de algum modo, está abalando a convicção do primado natural do homem sobre os outros seres – vincula-se em verdade a um contexto de maior consciência ecológica.

A ocasião já possui os elementos do discurso preservacionista que deseja, tal como a sintonia do nosso tempo, a perpetuidade de plantas, árvores e animais, porém muito mais por convicção religiosa ainda, que qualquer outra.

Todos os existentes – para os princípios de alguns naquele momento – estavam no ato inaugural, no ato da criação que foi acontecimento coletivo, a exaltar o universal e não apenas o homem[25].

O século XVIII é também episódio vinculado à emergência da ideia de literatura, conceito cuja existência não se pode estender, pensamos, aos períodos anteriores, uma vez que os séculos precedentes ao da Revolução Francesa não trabalharam com a hipótese da autonomia da ficção.

Em seu complexo cultural, eles se caracterizam pela necessidade (para eles incontestável) de tudo se amarrar a uma verdade circundante, a uma questão de realidade, tal como, para exemplo, o ocorrente no sermão do século XVII.

A nova cronologia, entretanto, elaborou e ratificou outro posicionamento em relação a isto. O novo conceito de literatura ("belas letras", anteriormente) diz respeito a uma autonomia do fictício.

Ela – a literatura – passa a se impregnar de algo que tem por base a ideia de invenção, de fingimento, de algo que é ficcional, em um jogo que se põe de modo cada vez mais explícito para o público leitor.

Seu novo estado permite ao que, na circunstância, passou a ser literatura expressar-se como um campo livre, cuja independência lhe garante o existir sem o obrigatório atrelamento a qualquer ramo do cognitivo, mesmo que este seja

25 Conteúdo intensamente atrelado aos pareceres dos três últimos parágrafos é o da pesquisa de Thomas. P/ cf. busque-se: Thomas, Keith. *O homem e o mundo natural*. Tradução de João Roberto Martins Filho. São Paulo: Companhia das Letras, 2001, 454 p.

em culminância a filosofia, a política, a ciência (à época, em situação de uma pré-ciência) ou a religião.

No mesmo século em referência, presencia-se, ainda para exemplo, a projeção mais consistente da prosa pelos meios literários e leitores, divulgação que ajuda a popularizar os gêneros ligados a esta forma de escrita (romance, conto, novela etc), em detrimento da poesia que é a expressão de maior refinamento, para os setores de educação mais aprimorada e mais vinculados aos valores da cultura clássica que, para alguns, no Arcadismo, viverá sua fase de encerramento[26].

A mesma dilemática permite ainda a afirmação da mulher romancista, cujo trabalho e, por extensão, apuramento de técnica são resultados que passam pela produção de algumas gerações de mulheres prosadoras, todas ligadas a um processo que é o da ascensão burguesa.

O fato, na Inglaterra do mesmo período, permitiu certa modificação da perspectiva social feminina que se revela no conteúdo do romance, a princípio realização secundária no plano cultural, mas escrita que se tornou testemunho vivo das alterações em curso que se revelavam em novos sentimentos ante o mundo e suas controvérsias.

Ainda em exemplificação, o mesmo romance estará sendo, à época, um dos expressivos veículos de divulgação de um novo padrão de vivência entre mães e filhos.

No período em destaque, os vínculos do materno para com o filial altamente se intensificam.

Estudiosos do aspecto[27] afirmam que, a partir do episódio, culturalmente paira um novo "instinto de maternidade"

---

26 Os informes contidos no presente parágrafo e no seguinte estão em conformidade com a pesquisa de Vasconcelos. P/ cf. busque-se: Vasconcelos, Sandra Guardini. *Dez lições sobre o romance inglês do século XVIII*. São Paulo: Boitempo, 2002, 165 p. Os assuntos em referência pedem a leitura dos capítulos quinto e sétimo.

27 No caso, um dos estudos em que nos baseamos é o de Badinter. P/ cf. busque-se: Badinter, Elisabeth. *Um amor conquistado: o mito do amor materno*. Tradução de Waltensir Dutra. São Paulo: Círculo do livro S.A., 1980, 310 p. A leitura da parte II é a mais pertinente para a questão que abordamos.

na história ocidental e este novo é o responsável pela figura da mãe amantíssima que está ligada ao seu rebento por laços muito superiores aos vínculos do puramente biológico.

Ainda lembramos que, no século XVIII, na França, pintores retrataram com especial atenção a maternidade, a infância e suas primeiras brincadeiras e o enternecimento familiar. Siméon Chardin (1699 a 1779), Gabriel Jacques de Saint-Aubin (1724 a 1780), Jean Michel Moreau, o jovem (1741 a 1814) são alguns deles. A coleção de tapeçaria do Petit-Palais de Paris dá também testemunho confirmador do fato.

A nova maternidade ligar-se-á, por sua vez, a um novo padrão familiar (já referido) e terá vínculos também com novas concepções de educação, nas quais o século XVIII será pródigo.

Jean-Jacques Rousseau será, no que tange à questão, nome de importância, marcando o imaginário do episódio com sugestões que o tornam conhecido e referido até os dias atuais.

Não sem razão, a posteridade estará chamando, por sua causa, ao XVIII o "século do *Emílio*", obra[28] de sua autoria – *Émile* – que repercute em seu tempo e já vincula a criança a valores que conheceram sua plenitude no século posterior[29].

28 Encontramos a expressão no texto de Jacques Gélis, já referido em nota.

29 A criança já é, para exemplo, destaque em meio às novas práticas sociais, desencadeadas pela Revolução Francesa: "Porque a vida participa da divindade, os homens vivos querem representar a divindade sob o aspecto da vida. As imagens imóveis da antiga autoridade - estátuas de Cristo, da Virgem, dos santos, dos reis de França - são demolidas ou decaptadas pelo iconoclasmo revolucionário; já não se reconhece nelas a presença do sagrado: essas pedras são castigadas como os emblemas da velha lei opressiva, da lei estipulada do alto pelos impostores e tiranos. A fé revolucionária escolhe para emblemas substitutivos seres de carne e objetos vivos: árvores novas, *crianças colocadas nos altares*" [grifo nosso], "deusas representadas por atrizes." P/ cf. busque-se: Starobinsky, Jean. *1789. Os emblemas da razão*. Tradução de Ana Lúcia Machado. São Paulo: Companhia das Letras, 1989, p. 67.

Aclarando o fato, é preciso lembrar que, para o Rousseau que se expressa na obra anteriormente citada[30], a criança corporifica o ideal de permanência do primitivo, sendo por isto, nas sociedades civilizadas, a expressão de uma naturalidade que, segundo o autor, só se encontraria no ser primevo que, na leitura do pensador francês, é o bom selvagem.

Em paralelo a esta constatação, Rousseau estaria defendendo a ideia de preservação da mesma naturalidade (cujos sinônimos mais afinados seriam inocência, pureza), enquanto o ser humano atravessa o período infantil, episódio no qual, devido à crença no precedente, a criança deveria ser afastada, isolada dos poderes corruptores que, para alguns intérpretes da obra do francês[31], seriam os meios de produção, contra os quais está se postando, segundo o mesmo Rousseau, a fragilidade natural da criança que está ligada à sua estrutura biológica em formação.

O distanciamento dos meios produtivos criaria, por sua vez, as condições ideais para a educação da infância e também determinaria, conforme nossa reflexão, a sua dependência ao adulto e, na extensão, à família que, neste mesmo período e como de alguma forma já se expressou, vive uma nova identidade, alicerçada na primazia da vida doméstica, no casamento, na educação dos herdeiros, no afeto e solidariedade entre os membros constituintes, na privacidade e intimismo, nos novos papéis sociais vividos pelos cônjuges[32].

30 P/ cf. busque-se: Rousseau, Jean-Jacques. *Emílio ou da educação*. Tradução de Sérgio Milliet. São Paulo: Difusão europeia do livro, 1968, 581 p. Já quanto a Rousseau propriamente nossa referência é *Os pensadores*. P/ cf. busque-se: *Os pensadores II*. São Paulo: Abril cultural, 1972, pp. 465 a 484. Noutra instância, isto é, quanto a estudo analítico acerca do autor e sua obra nossa indicação é Starobinsky. P/ cf. busque-se: Starobinsky, Jean. *As máscaras da civilização*. Tradução de Maria Lúcia Machado. São Paulo: Companhia das Letras, 2001, pp. 162 a 230.

31 P/ cf. busque-se: Zilberman, Regina. *A literatura infantil na escola*. São Paulo: Global, 1987, p. 16.

32 P/ cf. busque-se: Zilberman, Regina. *A literatura infantil na escola*. São Paulo: Global Editora, 1987, p. 14 e também: Perrot, Michelle. *História da vida privada* (vol. 4). Tradução de Denise Bottmann e Bernardo Joffily. São Paulo: Companhia das Letras, 2006, pp. 121 a 185.

Já que envolvido por esta gama de pensamentos e valores, compreende-se Rousseau e sua proposta educacional, registrada no *Emílio*.

Sabendo-se dela, compreender-se-á também e com facilidade o porquê de o pensador francês ser indicado como dos primeiros (senão o primeiro) a ver e defender a criança como símbolo da dependência e da pureza, em contraponto à corrupção de valores que se faz presente no mundo adulto, segundo os conceitos do mesmo século XVIII já em seus finais.

Herdeiros indubitáveis da nova crença serão os românticos que, neste aspecto, têm, na Europa Ocidental e no Brasil, forte representação.

A faceta literária romântica, entretanto, é um dos aspectos de expressão de um todo já verdadeiramente modificado, a que ela acaba por representar, enquanto primeira movimentação artística da extração burguesa vencedora que, por isto, precisa ter na arte, mais do que nunca, referendados seus valores.

No que concerne, então, a veicular as novas referências quanto à infância, será, em muitas geografias, a geração ultra-romântica a mais empenhada e alguns de seus exemplos fazem-se sentir até nossos dias.

Na Inglaterra, para exemplo, Wordsworth (1770 a 1850) sintetiza opiniões e pareceres quanto ao assunto, lembrando em afirmação aparentemente inusitada que "o menino é o pai do homem"[33], no poema "My heart leaps up when I behold", escrito em 1802.

---

33 O verso em referência é o sétimo da poesia referida. P/ cf. busque-se: Wordsworth, William. *The complete poetical works*. London: Macmillan and Co., 1888, p. 178.
My heart leaps up when I behold
A rainbow in the sky:
So was it when my life began;
So is it now I am a man;
So be it when I shall grow old,
Or let me die!
*The childe is the father of the Man*; [grifo nosso]
I could wish my days to be
Bound each to each by natural piety.

O fato destaca a infância como período de excelência na vida, uma vez que a fase adulta está nela previamente anunciada ou refletida, devendo ser por isto, entendemos, episódio da existência com o qual se tenha cuidados, no qual se recebam formação e afeto.

Da mesma Inglaterra vem-nos ainda o exemplo de Byron que, se em sua obra, não se refere diretamente à infância, é certamente dos primeiros a transformar um adolescente em herói.

O poeta inglês apresenta ao leitor, em *Childe Harold*[34], um personagem mal saído da infância, porém em lugar de destaque, já que mentor de sua própria vida, o que seria, enquanto procedimento artístico, negação à preceptiva clássica que outorgava este poder somente aos adultos[35].

No poema e livro byronianos, entretanto, Harold, apesar da pouca idade, já está tocado pelo peso da existência, expressando por isto seu tédio, seu desacerto, como se já muito houvesse vivido, já muito soubesse dos seres e coisas e pudesse, devido a seu conhecimento, se justificar em suas atitudes.

Ao Brasil, em correlacionamento dos fatos, chegarão os ecos desta mesma perspectiva e textos de Álvares de Azevedo indicarão a sintonia, a extensão do procedimento.

Tocada da mesma prerrogativa haroldiana está, para exemplo, *Macário*, escrito que é sugestiva e estranha mescla entre teatro, narração dialogada e diário íntimo, no qual o personagem homônimo – jovenzinho profunda-

---

Fernando Sabino usa o mesmo verso como epígrafe de *O menino no espelho*, romance de cunho autobiográfico, que destaca a infância do autor e seus ecos na vida do Sabino adulto. Antes do escritor mineiro, lançaria mão da mesma epígrafe Machado de Assis em "Conto de escola". A tradução, no caso, de "childe" por "menino" pareceu-nos bem apropriada.

34 P/ cf. busque-se: Lord Byron. *Childe Harold's Pilgrimage*. London: Gutemberg Ebook, 2002, 144 p.

35 Livro que muito aclara sobre clássicos e românticos e seus respectivos procedimentos é *O romantismo*, de J. Guinsburg, particularmente em seus capítulos iniciais. P/ cf. busque-se: Guinsburg, J. (org.). *O romantismo*. São Paulo: Perspectiva, 1985, 323 p.

mente marcado pelo "mal do século" – tem como interlocutor, no diálogo encrespado que trava, ninguém menos que Satã.

Expondo ao ouvinte muito de sua intensa e férvida angústia existencial, em suas falas o adolescente, que é Macário, como que deambula por uma São Paulo fantasmal e interior, onde, em obediência à amarga ironia de seu destino, ele vive como que a negação do sentido etimológico de seu nome.

É como se de sua significação primeira que é "feliz", "afortunado", "bem aventurado" e de raiz grega, fosse nome que houvesse assumido uma outra origem para, em ponte com o Latim, por exemplo, irmanar-se no radical *mac* com o termo "mácula" e, na extensão, com "mágoa".

Assim, o nome Macário equivaleria, em sua hipótese de vida, a "magoado" e magoado com as coisas, os seres e, em palavra última, com seu próprio destino que é o puro dilaceramento de uma adolescência[36].

Segundo nossa apreensão, no entanto, o ser em grande destaque na prerrogativa romântica é, de fato, a criança e, intimamente ligada à perspectiva, está a ideia (também circulante à época) de que a infância é "um momento privilegiado da vida", é "a idade fundadora".

Pertencente ao mesmo contexto cultural e cronológico, encontra-se o parecer derivativo de que a criança é "ser", é "pessoa"[37] e, para tal, está contando obviamente com a aceitação

---

36 Para a estruturação do raciocínio presente no parágrafo, valemonos de duas fontes. P/ cf. busque-se: Nascente, Antenor. *Dicionário etimológico da língua portuguesa* (tomo II). Rio de Janeiro: depositários Livraria Francisco Alves, Livraria Acadêmica, Livraria São José e Livros de Portugal, 1952, p. 182 e Candido, Antonio. *Formação da literatura brasileira* (tomo III). São Paulo: Livraria Martins Editora, 1959, pp. 189 e 190.

37 As expressões entre aspas se encontram em texto de Michelle Perrot, cujo título é "Figuras e papéis", terceiro episódio da parte 2, entitulada, por sua vez, "Os atores", do volume 4 da *História da vida privada*, na Europa. P/ cf. busque-se: Perrot, Michelle (org.). *História da vida privada* (vol. 4). Tradução de Denise Bottmann e Bernardo Joffily. São Paulo: Companhia das Letras, 2006, p. 161.

e o endossamento de seu novo *status* pela sociedade, tanto na esfera do público, quanto na órbita do privado[38].

A cultura do século XIX não é, então e em nosso entendimento, a que se abre para a exaltação plena do adolescente, como será a do século posterior.

O XIX não é peremptório na defesa do parecer de que houvesse um período, uma faixa etária, separando distintamente a infância da fase adulta ou ainda (em alusão direta a Ariès) um sentimento, só que, no caso, da adolescência, tal como o ocorrente em nossos dias[39].

Referendando nossa impressão, há diversos pareceres, e um deles é, para exemplo, o de Gilberto Freyre que, estudando a sociedade patriarcal brasileira do século XIX[40],

---

38 Confirmação deste parecer é, segundo nossa leitura, parágrafo do texto referido na nota anterior, cuja transcrição segue: "Através de várias observações a que está sujeita, inclusive pelo detalhismo dos boletins escolares, a criança vai assumindo rosto e voz. Sua linguagem, seus afetos, sua sexualidade, suas brincadeiras são objetos de anotações que dissipam os estereótipos, em favor de casos concretos e desconcertantes. A infância, a partir de então, é vista como um momento privilegiado da vida. Toda a autobiografia começa e se demora nela, enquanto o chamado romance 'de formação' descreve a infância e a juventude do herói."

39 Para a afirmação de que a adolescência seja mais enfaticamente um produto cultural do século XX, encontramos referência em Casey. P/ cf. busque-se: Casey, James. *A história da família*. Tradução de Sérgio Bath. São Paulo: Editora Ática, 1992, p. 173. Michelle Perrot, no entanto, divulga ideia em certa divergência com a aqui exposta. Para ela, o adolescente é, no período em referência, uma figura delineada "com precisão". Contudo, em resgate de ótica do mesmo século XIX, mormente de sua segunda metade, a estudiosa francesa lembra que, na síntese dos valores da época, a adolescência é negativa, é "perigo" para si e para a sociedade. Conforme Durkheim - autoridade acerca do social naquele episódio e estudioso evocado pela autora - o adolescente, de um modo geral, está mal integrado na solidariedade necessária à existência. Guiado muita vez apenas por desejo sexual, ele pode ser a pura expressão da violência, da brutalidade e do sadismo. Sob a mesma perspectiva, o adolescente, que é um estado patológico, "aprecia a violação e o sangue". P/ cf. busque-se: Perrot, Michelle (org.). *História da vida privada* (vol. 4). Tradução de Denise Bottmann e Bernardo Joffily. São Paulo: Companhia das Letras, 2006, pp. 162 e 163.

40 P/ cf. busque-se: Freyre, Gilberto. *A vida social no Brasil nos mea-*

informa dos casamentos que se realizavam na mais tenra idade dos cônjuges, que não excediam muita vez os quinze anos; fala na maternidade e na paternidade precoces; destaca, por conseguinte, as vítimas da referida precocidade - obviamente jovenzinhas ainda biologicamente não preparadas para a gravidez, mas já nas responsabilidades de mulher e esposa.

Já quanto ao masculino da mesma cronologia, o mesmo Freyre informará que o rapazinho quer cedo o bigode, a barba, a aparência circunspecta e, em biografia que tece de nosso segundo imperador[41], esta situação e a busca vêm esmiuçadas, havendo, com riqueza de detalhes, a exposição de um cotidiano (que é o do início da adolescência, em termos nossos, de Pedro II) já superado, pensamos.

Em paralelo à expectativa de que os exemplos de Freyre não espelhem apenas uma referência particularizada, lembramos que também o cotidiano cultural romântico francês muito referendará a infância.

Sua ação, neste aspecto, far-se-á sentir mesmo fora do literário. Delacroix e sua pintura são, no caso, exemplo e, na extensão, modelo que se corporifica no famoso "A liberdade conduzindo o povo" ("La liberté guidant le peuple"[42]), quadro de 1831 que se torna conhecido por exaltar o povo sublevado o qual, na rua, promove a revolução de 1830.

Ao centro da pintura, está a liberdade, representada por mulher de seios desnudos, levando na mão direita empunhada a bandeira da revolução de 1789; na esquerda, um mosquete e, na cabeça, o barrete frígio.

Esta representação alegórica, contudo, não está sozinha. À sua esquerda, acompanha-a, e com fervor participativo, um menino que, com uma pistola em cada uma de suas

*dos do século XIX*. Recife: Fundação Joaquim Nabuco/Editora Massangana, 1985, 147 p.

41 P/ cf. busque-se: Freyre, Gilberto. *Perfil de Euclides e outros perfis*. Rio de Janeiro: Editora Record, 1987, pp. 115 a 131.

42 P/ cf. busque-se: Reis, Célia Maria Marinho (pesquisa e texto). *Mestres da pintura. Delacroix*. São Paulo: Abril Cultural, 1978, pp. 51 e 52, prancha 17.

mãos, também clama por uma nova ordem social, sendo já ele, em verdade, a revelação de um novo.

Na situação em que se encontra e do modo como está enquadrado na cena, o menino põe-se como símbolo que, na visão romântica, acreditamos, também personifica a liberdade, no contraponto (e, ao mesmo tempo, reforço) da alegoria de valor clássico que seria a mulher, efeito que, com suas características, não ficará esquecido ao longo do século XIX[43].

Já o menino da cena, este, por sua vez, crescerá em dimensão, mais e mais ocupando espaço num imaginário de época. Gavroche é seu nome e por esta designação passará a ser conhecido e admirado.

Por ele e sua representação tocado, Victor Hugo o incorporará à galeria de seus personagens. Este Gavroche – símbolo de liberdade e luta na busca do novo – estará em *Os miseráveis* (*Les misérables*, de 1862) e, do romance, sua atuação projetar-se-á como paradigma, como expressão de um valor romântico que chega carregado de validade a nossos dias[44].

Gavroche é também, na escrita hugoana e em extensão, a solidariedade, a prontidão para a luta no processo de resistência às classes dirigentes que, em seu conservadorismo e medo, impelem suas forças policiais contra o povo que protesta e se insubordina nas ruas de Paris.

A cidade é o espaço onde atua o menino no apoio a rebeldes e entrincheirados, gente com a qual ele se coaduna, se irmana, em pacto que é de sentimentos maiores e que, curiosamente, sua pureza infantil só o faz compreender e viver com mais verdade e entrega.

---

43 Carvalho indica-nos a permanência desta validade, ao longo do século XIX e mesmo do XX. P/ cf. busque-se: Carvalho, José Murilo de. *A formação das almas. O imaginário da república no Brasil*. São Paulo: Companhia das Letras, 1990, 166 p.

44 Para as referências acima, relemos *Os miseráveis* e, com algum vagar, nos detivemos nas partes referentes a Gavroche. P/ cf. busque-se: Hugo, Victor. *Os miseráveis*. Tradução de José Maria Machado. São Paulo: Clube do livro, 1958, 690 p. e Beaumont, P. de (org.). *Gavroche*. Paris: Hachette, 1964, 78 p.

Pensando estes fatos, sempre afirmamos então que esta arte reflete um quadro de significações que se preocupa com a infância e, de algum modo, a exalta, porque, no fundo, já a sabe sofredora, apesar de toda a indignação que o plano artístico do período expressa quanto ao fato.

A adversidade envolvendo a criança existe, para exemplo, no cotidiano da Inglaterra deste mesmo século XIX e a obra de Dickens e outros, por veicular um amálgama de verdade social e ficção, isto bem retratou.

Ela – a adversidade que cerca a infância – existe também e ainda no Brasil, país que tem, no século de sua independência, a história de sua puerícia marcada por uma ativa roda dos expostos[45] que, em nosso meio, tornou-se o indicativo do abandono, do nascimento espúreo e, por conseguinte, vergonhoso, circunstância que representará para a criança a ela submetida intensa marginalização no social circundante.

Em correlação, dada literatura de nosso meio pôs-se à época a expressar revolta ante a situação da criança desvalida e Castro Alves é, em parte de sua obra, o sinal forte desta atitude.

A segmentação a que aludimos expressa-se, em sua lírica, na poesia de cunho social que encontrou, em livro como *Os escravos*, espaço para bem equacionar-se em poemas como "Mater dolorosa", "Tragédia no lar", "A criança", "Órfã na sepultura", todos escritos de 1865[46].

As imagens da infância, entretanto, veiculadas nos exemplos anteriores não seriam, em nossa apreensão, as referências centrais de nosso imaginário, quando o assunto em questão é, para nós, a criança.

---

45 Diversos são os estudos sobre a roda dos expostos, na busca de estruturação de uma história da infância no Brasil. Boa apreciação do assunto é "A roda dos expostos e a criança abandonada na história do Brasil. 1726-1950", da autoria de Maria Luíza Marcílio. P/ cf. busque-se: Freitas, Marcos Cezar de (org.). *História social da infância no Brasil*. São Paulo: Cortez Editora, 1997. pp. 51 a 76.

46 P/ cf. busque-se: Alves, Castro. *Os escravos*. São Paulo: Livraria Martins Editora, s/d., pp. 35, 53, 75 e 111, respectivamente.

Mais que a hipótese de dor, quanto à infância, o que nos inspirou em nossa cultura brasileira foi ou acabou por ser a ideia de idílio que, em nossa visão de mundo, se associou a este episódio da existência, sendo também os românticos os responsáveis, neste aspecto e em nossa interpretação, por mais este fato.

Nesta circunstância, fala-nos, por exemplo, Casimiro de Abreu que, com "Meus oito anos", poema VIII do livro primeiro de *As primaveras*[47], muito ajudou a enraizar em nossos sentimentos a associação entre infância e sonho, infância e cronologia isenta de adversidade, infância e paraíso perdido.

Devido a tal, a simples evocação do período tornou-se para muitos de nós sinônimo de saudade ou episódio a que se quer voltar[48], suprindo a impossibilidade concreta o exercício da imaginação.

A ocorrência responderia em dada medida, pensamos, pela permanência de Casimiro e sua poesia entre nós, apesar da distância cronológica entre o hodierno e a estética romântica com seus sentimentos e crenças.

Ainda recorrendo ao cultural brasileiro, é preciso que dele se diga que será o seu oitocentos a cronologia do surgimento, em sua prosa de ficção, de nossas primeiras personagens infantis e juvenis, radicando-se na figura de Machado de Assis e sua obra mais este mérito.

Curiosamente, se em nosso meio o tema "infância" tanto deve à escrita de nossos poetas românticos, o mesmo não se pode dizer, quando o assunto em pauta for a prosa de Alencar. Nela, não circulam crianças. Ao que tudo indica, a infância não seduziu o romancista, apesar de sua indiscutível ligação com personagens femininos (alguns de envergadura, como Aurélia, Lucíola) e o século XIX haver, em sua

47 P/ cf. busque-se: Abreu, Casimiro de. *As primaveras*. São Paulo: Livraria Martins Editora, s/d., pp. 38 a 40.

48 A associação entre infância e felicidade torna-se um mito, cujo conteúdo é reavaliado por Fanny Abramovich e seus convidados. P/ cf. busque-se: Abramovich, Fanny (org.). *O mito da infância feliz*. São Paulo: Summus Editorial, 1983, 147 p.

cultura, tão estreitamente relacionado mulher e maternidade e, obviamente, maternidade e criança.

Somente com o escritor de *Memórias póstumas* é que crianças ganham o espaço de nossos contos e romances e, sem nenhum exagero, já em perfis de expressão ou, mais propriamente, já tocados de densidade psicológica.

Em Machado, entretanto, curiosamente o que quase sempre se encontra é o adulto retornando em reminiscência à infância e, em verdade, deitando sobre fatos já ocorridos uma análise que é, percebe-se, produto de reflexão sobre um episódio ou acontecimento o qual, em sua retomada, ganha sugestão e pede ao leitor que se aproxime das entrelinhas.

Ainda curioso é que, no autor de *Quincas Borba*, não há a expressão deliberada e direta de rompimento do mito romântico de pureza e felicidade na infância. Em sua escrita, contudo, as crianças vivem, estão nas possibilidades da existência e esta é a regra.

Excelência, deste modo, na utilização do tema, Machado a atinge em alguns de seus contos e, ao fazermos referência a isto, vêm-nos à mente duas narrativas que, quanto ao assunto e em nossa leitura, são exponenciais.

O primeiro dos títulos é "Umas férias", conto de *Casa Velha*[49], no qual o personagem-narrador – José Martins – interno de um colégio, é retirado da escola pelo tio que, a princípio, não lhe dá conta do motivo para tal.

Acompanhado da irmã Felícia, também interna, o menino se dirige a casa, pensando, no entanto, no motivo para o retorno. Pelo caminho, faz-se-lhe presente a possibilidade de uma festa e seu íntimo vive antecipadamente esta referência.

A chegada a casa, contudo, desmente a ideia de folguedo, de feriado. O falecimento do pai o trouxera, sem que ele isto imaginasse, para ali, para junto da irmã e da mãe, com intensidade tocada pela perda.

---

49 P/ cf. busque-se: Machado de Assis, Joaquim Maria. *Obras completas* (vol. II). Rio de Janeiro: Editora Nova Aguillar, 1979, pp. 698 a 703.

O mais da história é a passagem do tempo até a retomada das aulas, mas passagem em que o menino vive uma tranquila e comedida elaboração de luto e cresce em poder de observar o que lhe vai à volta em pessoas e coisas.

Em paralelo, ele avança também no conhecimento de si, de sua intimidade, na compreensão de certa camuflada hipocrisia que há nas relações sociais, na percepção de que os que sobrevivem devem continuar e que isto pode ser e é menos sofrido do que muita vez se imagina, apesar do pesares.

Já o segundo enredo é "Conto de escola" (do livro *Várias histórias*[50]), trama narrada pelo personagem principal que, anos após um dado acontecimento de sua infância, retoma o fato e lhe dá, com sutileza, as proporções e contornos que o menino não percebera.

A datada ausência de percepção, entretanto, não quer significar no conto falta de sensibilidade ou inteligência. Estes positivos atributos, Pilar os tem e os expressa.

Sua fidelidade ao espírito da infância, porém, é maior, e isto até o final do conto o acompanha. Pilar é menino que sadiamente quer brincar e naturalmente se empolga com a ideia, razão do enternecimento do leitor com a personagem.

Esta circunstância, então e em si, não lhe permite ver a duplicidade do que o rodeia, particularmente em dia em que vai à aula e lá é exposto a uma sintaxe que foi além da dos livros. A gramática em questão foi a da vida que o fez vítima de dois amigos de escola e do professor.

Segundo o Pilar adulto, os amigos o fizeram conhecer a força da corrupção e da delação; já o mestre, o dissabor do castigo e dissabor em duplicidade, uma vez que, conforme o que se depreende da narrativa, o professor o disciplina, mas simbolicamente estendendo os bolos que lhe aplica à desordem que grassa fora dos muros da escola.

---

50 P/ cf. busque-se: Machado de Assis, Joaquim Maria. *Obras completas* (vol II). Rio de Janeiro: Editora Nova Aguillar, 1979, pp. 548 a 554.

Conforme o anúncio do início do conto, "o ano era o de 1840", momento no qual, nas ruas do Rio de Janeiro, há as tensões que indicam o término da regência e, concomitantemente, a maioridade de D. Pedro II, à altura mais infeliz que Pilar. As circunstâncias peremptoriamente o obrigam a abdicar da infância e suas prerrogativas. Já ao personagem do conto, não.

Embora submetido a certa crueldade, para Pilar há ainda um tempo de puerícia e o recurso dos brinquedos: aqui é o papagaio; ali, o tambor; acolá, a rua e seu bulício.

Ligado a estas circunstâncias, na órbita do romance machadiano, é exemplo o menino Bentinho, personagem que, a dar-se crédito a D. Casmurro, fora sempre um ingênuo, sutilmente manipulado pela dissimulada (para não dizermos maquiavélica) Capitu, desde que andavam em namoricos de finais de infância e inícios de adolescência.

Presos a esta leitura, ainda ousamos crer que, da estrutura narrativa a qual – em hipótese – é posterior aos fatos, surgem duas personalidades em franca oposição, definidas desde suas infâncias por palavras, em variações já aventadas: ingenuidade e dissimulação.

De algum modo, o menino que é pai do homem continua a fazer algum sentido, mas levando as personagens em referência à infelicidade, pois ambas saem perdendo, vítimas uma da outra, vítimas de si mesmas, vítimas do meio a que pertencem.

Já quanto às possibilidades nada idealizadas de infância, rico mostra-se o texto de *Memórias póstumas* (1881), narrativa em que a criança Brás apresenta-se como o endiabrado que não sofre verdadeiras reprimendas.

Se por elas passa, seria, para após, o pai, distante de todos, cobri-lo de beijos, apesar das características um tanto sádicas do comportamento do menino: cavalgar o pajem[51] e

51 Também por intermédio da historiografia se tem algum conhecimento da presença do pajem no cotidiano dos segmentos mais abastados da população brasileira do século XIX. A criança escrava, na condição de companheiro de brincadeiras dos filhos de seus

esporeá-lo; deitar cinzas ao doce no tacho e, depois, quebrar a cabeça da escrava com a colher de madeira; vigiar os amores proibidos e sair delatando-os a todos.

Em meio à literatura em prosa da segunda metade do século XIX brasileiro, nome que também se valeu da infância como motivo e a expressou em relato tocante foi Raul Pompéia.

De sua produção é, no caso, *O Ateneu* (1888), livro, segundo certa crítica literária, de teor autobiográfico[52], narrado em primeira pessoa, que desenvolve o tema do adolescente – Sérgio – que deixa a casa paterna, para receber educação em colégio – o Ateneu – do qual seria mais um interno.

Os aspectos da separação e ainda os da permanência no internato perfazem a narrativa e, no enredo, presentifica-se por isto a intimidade de Sérgio que se revela por seu apego edipiano a uma suposta figura materna e por sua ojeriza ao procedimento de alguns internos, que, muita vez movidos por uma sexualidade desorientada (vários dos alunos estão na puberdade), expressam-se em gestos ora sórdidos, ora sádicos e sempre agressivos[53].

---

senhores, é uma personagem presente nas estruturas familiares mais privilegiadas, tanto do meio urbano quanto do rural. Para exemplo, vale lembrar que Alberto da Costa e Silva, em interessante biografia de Castro Alves, informa-nos que mesmo o poeta dos escravos teve, em sua infância e adolescência, um moleque para o servir e com ele participar de folguedos. O biógrafo também informa que os passatempos infantis mais comuns, à época, eram "cabra-cega, esconde-esconde, chicote-queimado, bolinha de gude, pular carniça, tascar peão, empinar papagaio de papel de seda". De certa forma, em sintonia com o texto machadiano, ele também declara que os meninos escravos, na condição de companheiros de folguedos, eram os que, muita vez, levavam a culpa e sofriam os castigos pelas traquinagens do grupo ou do menino branco com o qual se brincara. P/ cf. busque-se: Silva, Alberto da Costa e. *Castro Alves* (Série "Perfis brasileiros"). São Paulo: Companhia das Letras, 2006, p. 13.

52 P/ cf. busque-se: Bosi, Alfredo. *História concisa da literatura brasileira*. São Paulo: Editora Cultrix, 1994, p. 183.

53 Os personagens no parágrafo referido ligam-se, em nossa opinião, à ideia já explicitada na nota 39 que é a de que a adolescência é "negativa", é "perigosa" para si mesma e para a sociedade.

Sérgio sinaliza-se, então, como a sensibilidade (de algum modo, também mórbida) que capta e sofre esta ambiência, sendo por seus olhos e crivo que se fica a tudo conhecer, inclusive as críticas à instituição familiar, ao sistema de ensino do Ateneu, expressão do ego doentio de Aristarco, o proprietário.

Em meio a tais circunstâncias, o fogo que, ao final, tudo consome se justifica. De algum modo, ele é limpeza, purificação, apesar da prevalecência no romance do clima de "moral cinzenta e fatalista"[54].

Os fatos precedentes, entretanto, sempre tencionam, em nossa escrita, afirmar a existência da criança na história e, particularizando, em nossa história. Se o recurso acaba por ser o da exemplificação pelo literário, isto não invalida, acreditamos, a intenção.

Em nosso raciocínio e instância última, o literário referenda o social, é seu reflexo e, para o que nos consta, por própria proposição muita vez de escola.

É o caso, parece-nos, de um Romantismo já afetado pelas preocupações com o social; é a circunstância de um Realismo, movimento que busca o tempo que lhe é contemporâneo, seus temas e, em recriação, os apresenta e desenvolve em suas obras.

Cabe também lembrar que a junção história-literatura é uso antigo entre nós e que mesmo outras ciências já se valeram do procedimento.

---

Ao mesmo parágrafo pode-se também associar o parecer de que os adolescentes retratados por Pompeia são francas expressões da "hereditariedade mórbida" de que descendem, conceito caro à estética naturalista e à sociedade ocidental, na segunda metade do século XIX. P/ cf. busque-se: Perrot, Michelle (org.). *História da vida privada* (vol.4). Tradução de Denise Bottmann e Bernardo Joffily. São Paulo: Companhia das Letras, 2006, às pp. 566, 567 e 568.

54 P/ cf. busque-se: Bosi, Alfredo. *História concisa da literatura brasileira*. São Paulo: Editora Cultrix, 1994, p. 168. Leitor arguto de Pompeia foi Mário de Andrade que, em seus pareceres acerca de *O ateneu*, defende a ideia de que, no romance, o autor se vinga da vida escolar que teve. P/ cf. busque-se: Andrade, Mário de. "O ateneu". In: *Aspectos da literatura brasileira*. São Paulo: Livraria Martins Editora S.A., 1972, pp. 173 a 184.

Gilda de Mello e Souza dá-nos mostra disso, ao associar, segundo nossa apreensão, literatura e ciências sociais em livro de estética[55], para expor sobre a moda no século XIX e sua ligação com as redefinições dos papéis sociais do homem e da mulher ou, em termos equivalentes, do masculino e do feminino, em uma estrutura de mundo que não quer viver sinais de semelhança com o antigo regime e que, por isto, também investe na criança como novo valor social.

Prova ainda do referendado acima e do mesmo interesse do século XIX pela criança é a elaboração de uma literatura específica para a faixa etária, a literatura infantil, produção que, aos poucos, vai se concretizando no trabalho de adaptadores, escritores e público leitor, todos de algum modo também ligados ao novo padrão de família e às contemporâneas concepções de educação que já começavam a ver a escola como destino certo de toda criança[56].

Por estas vias todas destacada, a criança foi-se provando, no ocidente, parte do seu social e do seu artístico e sua chegada como tema literário ao século XX naturalmente se justificou.

Em nosso Modernismo, por exemplo, trabalhos sensíveis com personagens infantis serão os de Mário de Andrade, de José Lins do Rego, de Graciliano Ramos e outros, todos – mais os escritores do século XIX mencionados – indubitavelmente leituras de Otto Lara Resende, autor que anunciamos ao início do presente capítulo como sendo o de nosso interesse, como sendo aquele em cuja obra – mais especificamente no livro de contos *Boca do Inferno* – queremos resgatar e analisar as "imagens da infância e da adolescência".

O fato, por sua vez, não poderia preterir, a nosso ver, esta avaliação precedente, pois, mesmo no literário, o ponto

55 P/ cf. busque-se: Mello e Souza, Gilda. *O espírito das roupas. A moda no século dezenove*. São Paulo: Companhia das Letras, 2001, 255 p.

56 Sobre o assunto pede-se a leitura do capítulo 3 de Lajolo e Zilberman. P/ cf. busque-se: Lajolo, Marisa e Zilberman, Regina. *Literatura infantil brasileira. História e histórias*. São Paulo: Ática, 1987, pp. 23 a 44.

de partida de nossa análise será a ideia de "construção", presentificada na palavra "imagens".

Para a realização do explicitado, nosso próximo passo é a apresentação do autor (dados biográficos, traços de estilo) e o referendamento do vínculo entre Otto Lara Rezende e o tema "infância e adolescência".

No capítulo seguinte, ocorreria a apresentação do título em destaque, livro cuja história, conteúdo e recepção pedem, por seus aspectos únicos e em nossa avaliação, resgate, o que também é proposta norteadora dos capítulos subsequentes.

# II

*Escrever. O quê? Sei lá. Escrever. Ser escritor* [57]

[...]

*Em seu vocabulário há uma palavra insistindo*
*em todas as páginas, malbaratando a boa ordem alfabética:*
*a palavra infância.* [58]

Otto de Oliveira Lara Resende nasce em São João Del Rei, a primeiro de maio de 1922. Já seu falecimento ocorre a 28 de dezembro de 1992 no Rio de Janeiro, cidade que escolhe para a vida de homem casado, pai de família, trabalhador contumaz, escritor dos mais sensíveis que a literatura brasileira conhece na segunda metade do século XX.

O Rio de Janeiro como geografia de quase 50 anos de uma vida, entretanto, mais os períodos de estadia no estrangeiro não tirarão de Otto sua afeição às origens. O reconhecimento público de homem de literatura não o afasta da mineiridade[59], essência que, como se fora verdadeiramente

57 Trechos do perfil "Quem é Otto Lara Resende", de 1975, escrito pelo próprio autor. P/ cf. busque-se: Miranda, Ana (org.). *O príncipe e o sabiá e outros perfis*. São Paulo: Companhia das Letras/ Instituto Moreira Salles/ Casa de Cultura de Poços de Caldas, 1994, p. 297.

58 Frase de texto de Otto, datado de 12 de Abril de 1945. P/ cf. busque-se: Santos, Tatiana Longo dos (org.). *Três ottos por Otto Lara Resende*. São Paulo: Instituto Moreira Salles, 2002, p. 10.

59 Sobre mineiridade e política veja-se Arruda. P/ cf. busque-se: Arruda, Maria Arminda do Nascimento. *Mitologia da mineiridade*. São Paulo: Brasiliense, 2000, 379 p.

existente, possível, Otto, brincando, tenta precisar por intermédio de anedotas e frases[60].

Mais que esta situação, contudo, há em Otto, segundo nossa apreensão, uma Minas Gerais interior, ancestral, representada no montanhês.

Este homem da montanha, entretanto, mais que personagem, na escrita de Otto se traduziu em modo de ser e escrever. Ele é visão de mundo que se dá a conhecer em gosto pela introspecção, pelo intimismo. Ele seria estilo aprimorado de escrita que valoriza e explora a mesma introspecção e o mesmo intimismo.

O recôndito, por isto, está sempre em voga em Otto. Todos o têm e ele se sobrepõe às medidas do físico. Ele aflora e quase sempre assusta. Quem vê o seu invólucro não imagina sua potência.

Este seria o motivo para que, em nossa interpretação, o associemos ao montanhês. Segundo certo folclore, o serrano é a figura de índole ensimesmada, casmurra, induzida a tanto, em plano simbólico, pela natureza de serras que ele habita, pela geografia de montes e precipícios que ele percorre.

Em desdobramento, no entanto, a mesma natureza o habita, a mesma geografia o contém. Ele, por isto, em sua interioridade, será serras, montes, precipícios, encarceramento recontado na escrita que quer se plasmar a estas características, valorizando os temas a elas correspondentes.

Se no que dissemos houver, contudo, algum fundamento, Otto não será o primeiro intelectual, no cenário de nossa cultura, a expressar estas cogitações. A introspecção, como traço de índole e marca de uma escrita, expressam-na, enquanto mineiridade e até onde captamos, episódios da poesia de Carlos Drummond. As serras e suas conotações estão

60 "O mineiro seria um cara que não dá passo em falso, é cauteloso. Em Minas Gerais não se diz cautela, se diz *pré-cautela*". P/ cf. busque-se: Medeiros, Benício. *Otto Lara Resende* ( Série "Perfis do Rio"). Rio de Janeiro: Relume Dumará, 1998, p. 140.

na literatura mineira em romance de Cyro dos Anjos, cujo título outro não seria que *Montanha*[61].

Antecederia, então, a Otto a geração modernista mineira em algumas de suas representações. Em verdade, porém, precederia o autor todo estilo marcado pela introspecção, todo estilo que busque os meandros da alma e suas possibilidades.

A impressão que temos é que o Otto leitor se deixou seduzir por todos. Em meio a nós, sua primeira paixão é Machado. Entre os clássicos russos, Dostoievski[62]. Na cultura francesa, salvo engano, Flaubert – nome mais que revelativo.

Assim, se com algum fundamento o que em princípio aventamos, antes da suposta introspecção própria da mineiridade, outras haveria e o escritor delas soube bem se valer em sua formação.

Ante os fatos, o argumento da mineiridade como a fonte do referido intimismo que o estilo do autor persegue vai ficando vulnerável.

Outra circunstância a contraditá-lo seria, para exemplo, a mudança nos meios de análise que nossa literatura passa, mais detidamente, a expressar nas décadas de 40 e 50 do século anterior.

Diminuindo-se a frequência do romance e da poesia de cunho social em nosso meio, a nova sintonia de cultura está mais conciliada com uma vertente intimista que, ainda em nossa leitura, não é peremptória negação dos princípios que a antecedem.

Noutros termos, o que se teria é, por um lado, certa superação dos anseios que levam ao romance social nordestino da década de 30 e, por outro, a cedência de espaço para

61 P/ cf. busque-se: Anjos, Cyro dos. *Montanha*. 1.ed. Rio de Janeiro: José Olympio, 1956, 391 p. Pensamos de conveniência lembrar que, no romance mencionado, a montanha e o montanhês se destacam no contraponto com o litoral, mais propriamente com a cidade do Rio de Janeiro e sua gente.

62 Antônio Carlos Villaça dirá que Otto "vivia entre as lembranças de São João Del Rei e a leitura meio aflita de *Dostoievski, seu autor.*" [grifo nosso]. P/ cf. busque-se a crônica "Otto Lara Resende", de Villaça, publicada no Jornal do Brasil, em 01 de Janeiro de 1993.

uma poesia menos vocacionada para a denúncia de mazelas sociais[63], já tão presentes na realidade.

Bem exemplifica o fato a poesia de Drummond migrando, para exemplo, da *Rosa do povo*[64] para *Fazendeiro do ar*[65] entre os anos 40 e 50, episódio no qual Otto, em Belo Horizonte, começa a projetar os anseios do escritor, estando já a braços com o jornalismo.

Outra voga intimista muito presente no repertório das leituras do autor de *Boca do inferno* foi a contida nos romances de Lúcio Cardoso e Otávio de Faria. Os moços intelectuais do grupo de Otto com avidez os leram e há depoimentos confirmando o fato e certa influência sobre os modos de ser e perspectivas de mundo que expressavam[66].

Nossa interpretação vê alguma intertextualidade entre *O braço direito*, de Otto, e *Maleita*, de Lúcio Cardoso. O próprio Lara Resende sugere atmosfera dos conteúdos de Lúcio na gênese de *As pompas do mundo*[67].

Sem se querer, entretanto, deitar a Otto a situação de discípulo, a citada influência existe e um quadro sócio-cultural a justifica.

Lúcio Cardoso e Otávio de Faria publicam desde os anos 30 e, apesar da corrente modernista, são lidos e apreciados pelos intelectuais mineiros[68]. Os moços literatos da

---

63 O raciocínio que se desenvolve nos últimos parágrafos não se afasta do que é sugerido por Alfredo Bosi. P/ cf. busque-se: Bosi, Alfredo. *História concisa da literatura brasileira*. São Paulo: Cultrix, 1980, pp. 466 a 476.

64 Livro de 1945.

65 Livro de 1953.

66 O testemunho é de Hélio Pellegrino. P/ cf. busque-se: Pellegrino, Antônia (org.). *Lucidez embriagada*. São Paulo: Planeta, 2004, pp. 95 a 101.

67 P/ cf. busque-se: Santos, Tatiana Longo dos (org.). *Três ottos por Otto Lara Resende*. São Paulo: Instituto Moreira Salles, 2002, p. 78.

68 *Maleita*, de 1936, é o primeiro romance de Lúcio Cardoso; já *Mundos mortos*, de 1937, o primeiro de Otávio de Faria. Cabe lembrar que o conjunto dos romances do segundo autor se subordina ao título geral *Tragédia burguesa*. De Lúcio Cardoso, por sua vez, dirá Otto que aprofundou, agravou uma cosmovisão que é "montanhosa, mineira, sombria". P/ cf. busque-se: Santos, Tatiana Longo dos (org.).

Belo Horizonte da década de 40 estendem-se no mesmo procedimento.

A órbita angustiada e introspectiva dos romances de Lúcio e Otávio atrai público[69]. Sob a influência do pensamento existencialista, eles retratam mundos engolfados em espiritualidade de tom pessimista e martirizado. O que dá sentido à existência seria, de modo direto ou indireto, a pergunta que os persegue e que em seus escritos se expressa.

Seus personagens são interioridades dilaceradas. Estão à cata de si mesmos e em busca da remissão. A nada tranquila possibilidade de reencontro, a natureza humana a acharia em Deus. Os intelectuais de formação católica deixam-se tocar por este influxo e Otto é um deles.

Estes fatos, contudo, não farão do autor de *Boca do inferno* um escritor existencialista à moda dos franceses sob esta égide. A mesma situação também não nos permite pensá-lo um autor católico, na exata medida do modelo desta representação no episódio.

Otto pertence a um lastro cultural. Ele testemunha uma essência que marcou nossos meios intelectuais e não por pouco tempo. A ação do movimento se estende motivada ao menos por três décadas (anos 40, 50 e 60) em meio a nós. O fato, contudo, não lhe impõe dogmática filiação. O intelectual, movido por consciência crítica, quis fugir a rotulações.

Não negamos, entretanto, que o indivíduo Otto Lara Resende seja alguém marcado pela dimensão católica. A pessoa Otto foi um praticante desta religião, tal como, ao que tudo indica, boa parte dos letrados com os quais ele conviveu no circuito de Belo Horizonte e Rio de Janeiro. Suas opções, no entanto, não o levam para os caminhos e a influência peremptória de um Austregésilo de Athayde.

No Rio a partir de 1946, Otto não frequenta, por exemplo, com assiduidade o círculo dos autores católicos que

---

*Três ottos por Otto Lara Resende*. São Paulo: Instituto Moreira Salles, 2002, p. 69.

69 Novamente recorremos ao parecer de Hélio Pellegrino. P/ cf. busque-se a indicação da nota 66.

se deixam sediar no Mosteiro de São Bento[70]. Amizade e fraterna admiração, entretanto, existem. O jornalista bem sucedido de *O Globo* dos anos 70 e 80 dará conta do fato em algumas crônicas.

Quando, por sua vez e contudo, se volta à atmosfera das décadas precedentes às já citadas, o que lá se encontra é o Otto leitor, tocado pelas essencialidades de Jacques Maritain, Georges Bernanos[71], Leon Bloy, François Mauriac, André Malraux, Albert Camus, Jean Paul Sartre[72]. Também as referidas crônicas de *O Globo* serão em parte o espaço de seu apreço por estas figuras.

Em paralelo, entretanto, além da atmosfera cultural indutora que o cerca, não se nega que Otto traga em si forte substrato católico, como já se afirmou. Sua formação se faz sob a influência da densa religiosidade que está por toda a Minas Gerais das primeiras décadas do século XX[73].

Em ocorrência devida, Otto dará testemunho do fato[74]. O autor maduro tratará do tema em criação literária espe-

70 Notícias sobre o fato nos dá Fernando Sabino em livro autobiográfico. P/ cf. busque-se: Sabino, Fernando. *O tabuleiro de damas*. São Paulo: Record, 1986, p. 114 e 115. No mesmo mosteiro, destacou-se D. Marcos Barbosa com sua poesia de fundo místico-religioso.

71 Segundo Villaça, Otto vira no romancista Bernanos "o Dostoievski do século XX", o propositor de um "cristianismo vital e trágico, não-convencional, não-ornamental". P/ cf. busque-se a crônica indicada na nota 62.

72 Os dois últimos representam o Existencialismo ateu. Para eles, a existência antecederia a essência. Primeiramente, viria o ser. O transcendente, se ocorrer, surgirá depois; será decorrência. P/ cf. busque-se: Sartre, Jean Paul. "Defense de l'Existentialisme". In: Picon, Gaetan. *Panorama de la nouvelle litterature française*. Paris: Firmin-Didot, 1967, pp. 652 a 654.

73 "As Minas da minha infância foi sufocantemente religiosa. A montanha estava empapada de religiosidade". P/ cf. busque-se: Santos, Tatiana Longo dos (org.). *Três ottos por Otto Lara Resende*. São Paulo: Instituto Moreira Salles, 2002, p. 71.

74 Em texto autobiográfico chamado "Escrever ... Reescrever ...", Otto indica o fato. P/ cf. busque-se: Santos, Tatiana Longo dos (org.). *Três ottos por Otto Lara Resende*. São Paulo: Instituto Moreira Sales, 2002, p. 154.

cífica[75], sem que o escrito possa ser lido como de indução autobiográfica.

Do mundo interior de Otto são ainda a infância e a adolescência em São João Del Rei, cidade que o escritor chamará de católica e medieval[76], tamanha a força da religião na respectiva geografia.

Catolicíssimo sempre fora o clã Lara Resende. O pai de Otto representava como militante a Tradicional Família Mineira, grupo muito ligado à Igreja e seus valores[77]. Antônio Lara Resende também era conhecido membro do Centro D. Vidal, entidade sediada no Rio de Janeiro, que, em dado episódio, terá à sua frente Austregésilo de Athayde.

Padrinho de batismo do menino Otto será ninguém menos que Jackson de Figueiredo, a maior liderança católica que o país conheceu no período da República Velha.

Buscando redefinir seu espaço de ação e influência, a Igreja, na circunstância, valia-se do trabalho de expressivas representações. A intenção era minimizar os abalos por que passara com a afirmação da República. Os governos deste modelo político ratificavam o Estado laico e o fato tornou-se preocupação.

Jackson de Figueiredo e muitos outros (entre eles, o pai de Otto) militavam pela expansão de uma influência religiosa, temendo, ao que tudo indica, o avanço de forças suspeitas que o laicismo poderia admitir, particularmente o ateísmo e, em sua esteira, o comunismo.

A militância leva-os, então, à convivência e à camaradagem e o batizado de Otto é bem prova do fato. Este clima de forte catolicidade, porém, não incutirá particularmente no autor Lara Resende cega obediência.

Se da pessoa de Otto se pode dizer que fora, em dados episódios de sua existência, um cristão atormentado com a

75 Trata-se do romance *O braço direito*, que é de 1963.

76 P/ cf. recorra-se à indicação da nota 73.

77 Dados sobre o pai e sua atuação, Otto os dá em textos autobiográficos. Contudo, sobre si fala o próprio Antônio de Lara Resende. P/ cf. busque-se: Resende, Antônio de Lara. *Memórias* (2 vol.). Belo Horizonte, Distribuidora Record, 1972.

busca dos sentidos da vida[78], o mesmo em toda a extensão do fato, não está no escritor e suas produções.

O mundo das personagens do literato é indubitavelmente de tormenta e a apresentação de *Boca do inferno* dará, esperamos, um panorama da peculiaridade. Na órbita literária do autor, entretanto, a Igreja (entidade) e seus valores passam por severa crítica[79]. Em dados episódios, eles são apresentados como incisiva forma de opressão e o fato leva-nos a refletir.

O homem e o autor são posturas com algumas distinções. Mesmo o homem tocado pelo catolicismo tem postura crítica, quando a situação o exige. Em Otto, a religião, acreditamos, não se espraia taxativamente sobre o potencial do escritor e o domina.

Na escrita do mesmo Otto, não há, em nossa leitura, os exatos ecos, redundâncias e perspectivas dos contidos em textos de um Antônio Carlos Villaça, para exemplo[80]. O Otto Lara Resende a que nos referimos foi autor e recebeu influência, sem, contudo, se tornar um militante, sem categórica e explícita filiação a grupo[81].

Sua lógica interior – sempre tocada de angústia existencial – se deixou traduzir por dramas interiores e familiares. O início da carreira literária já dá conta do fato. A primeira

---

78 P/ cf. busque-se: Sabino, Fernando. *Cartas na mesa*. São Paulo: Record, 2002, p. 187. O episódio remete-nos à carta de Sabino para Otto, datada de 04 de Agosto de 1957.

79 Vejam-se, para exemplo, os contos "Filho de padre" e "Dois irmãos", de *Boca do inferno*.

80 Villaça, entretanto, teria lido Otto como se o escritor mineiro fosse um indiscutível existencialista católico. P/ cf. busque-se a crônica indicada na nota 62 que é provavelmente a primeira homenagem ao autor falecido. A Villaça também se deve livro de importância para a história do catolicismo no Brasil. P/ cf. busque-se: Villaça, Antônio Carlos. *O pensamento católico no Brasil*. Rio de Janeiro: Civilização Brasileira, 2006, 335 p.

81 Entre Lara Resende e Villaça (1928 a 2005), ficamos com a ideia de que o segundo é representação mais abalizada, para receber a classificação de "escritor católico". O que nos leva a tal escolha seria a releitura de dois títulos do autor: *O nariz do morto* (memórias), de 1970, e *Degustação* (também memórias), de 1994.

intenção do jovem escritor é, em texto, falar sobre figuras angulares masculinas e ele as seleciona. A vontade foi escrever sobre o pai, o tio e o irmão. Apenas um dos temas, porém, se concretiza.

Em 30 de Abril de 1944, o suplemento literário do jornal *Folha de Minas*, de Belo Horizonte, publica de Otto o conto "O pai". No futuro, da parte do autor, porém, ocorreria um renegar deste primeiro trabalho. A alegação de ausência de qualidade literária impeliu o exigente autor e estilista a envergonhar-se do primeiro rebento.

A aguçadíssima autocrítica, entretanto, não apagaria as características de, pela escrita, um modo de encarar o mundo que, de alguma forma, se repetiria noutras personagens não renegadas e, por isto, publicadas em livro.

No conto, está o pai cego e solitário, visto por um filho que, cada vez mais perdido em si, mais e mais distante vai se pondo, apesar da consciência do afastamento e, na extensão, apesar da cobrança que ele – o filho – impõe a si.

Tolhido fisicamente, o pai, por sua vez, na solidão da casa, mais se recolhe. Na situação que se põe, a comunicação não se faz. Ambos – pai e filho – são emparedados, aos quais a genética não salva e, menos ainda, os sentimentos, o que é fato muito triste na força do seu determinismo e no tormento do filho que se estampa. Entre pai e filho pairou a escuridão de uma cegueira muito mais vasta.

Nos teores explicitados, põem-se, assim, traços de um universo literário posterior. Ensimesmamento, solidão, incomunicabilidade, mundos abissais, um quê de lado negro ou lunar projetam-se na força dos dramas interiores e futuros que Otto desenvolverá.

Não sem razão de ser, neste capítulo já dissemos de uma dimensão literária firmada na consciência de uma escrita com verdadeiro e refinado poder de expressão. Dissemos também do gosto do seu autor pelo intimismo, pela introspecção, pela sondagem de dramas existenciais e do quanto sua obra primará por isto.

Buscando, então, elencá-la, dela diremos que, em vida

de seu autor, a constituíram cinco publicações nas quais predomina o conto.

São elas: *O lado humano*, de 1952 (contos); *Boca do inferno*, de 1957 (contos); *O retrato na gaveta*, de 1962 (contos); *O braço direito*, de 1963 (romance); *As pompas do mundo*, de 1975 (contos).

Após a morte do escritor, ganham a forma de livro crônicas que, entre 1990 e 1992, o autor escreveu para o jornal *Folha de São Paulo*. A seleção dos escritos coube a Matinas Suzuki Jr. e recebeu o nome de *Bom dia para nascer* em publicação de 1994, da Companhia das Letras.

Ainda no referido ano, em parceria com o Instituto Moreira Salles, a mesma Companhia editou também textos que Otto escrevera, nas décadas anteriores, para *O Globo*. À época (1994), a edição recebeu o nome de *O príncipe e o sabiá e outros perfis*. Os textos que a constituíram foram selecionados e organizados por Ana Miranda, intelectual também ligada à reedição de *O braço direito* nas prensas da mesma editora.

Última parte do empreendimento foi a publicação de *A testemunha silenciosa*, trabalho composto de dois textos de Otto que são "A cilada" (de *As pompas do mundo*) e "O carneirinho azul" (de *O retrato na gaveta*), escrito que, na referida publicação, passou a se chamar "A testemunha silenciosa" e a ser classificado, tal como "A cilada", de novela. Ambos os textos faziam mais jus à nova classificação, graças, entre outros fatores, à sua extensão que, por si, chamava a atenção em meio aos contos do autor mineiro.

A Editora Ática, na mesma década em referência, também publicou uma antologia de contos do escritor que bem testemunham as habilidades da prosa do ficcionista e as preocupações com a estruturação do seu mundo literário, que é, como dissemos, intensamente marcado pelo intimismo.

O recôndito e a tensão psicológica (termos, neste episódio, tomados por sinônimos de "intimismo") fazem-se presentes na vida de toda a personagem que o texto de Otto enfoca, mesmo quando se trata de crianças e adolescentes.

Estas faixas etárias, por sua vez e curiosamente, percorrem os escritos do autor. Otto lhes alça à condição de tocantes e potentes personagens, permitindo o trânsito de seus perfis.

O conteúdo que veiculam torna-as, na órbita em referência, importantíssimas. Querendo explorar a assertiva (todo o tempo associada às características da escrita do autor), escolhemos estes mesmos personagens para os enfocar em nosso ensaio.

Crendo na densidade do assunto e no relevo que ele gozaria aos olhos do escritor, achamos por bem dar destaque ao tema "imagens da infância e da adolescência em Otto Lara Resende", particularmente às imagens que os conteúdos dos contos de *Boca do inferno* oferecem.

O assunto, entretanto, não invalida o já afirmado. Se a escrita de Otto está marcada pela introspecção e suas variações, seu conjunto de personagens infantis e adolescentes não fugiram ao enfoque.

Em Otto, crianças e adolescentes encontram densidade, na esteira de uma prática que, como já se afirmou, em nossa prosa se inicia com Machado de Assis, passa por Raul Pompéia e chega à atmosfera cultural de nosso Modernismo.

Explorando a perspectiva, lembramos que a leitura de *O Ateneu* muito sensibilizou o jovem leitor[82]. O contato com a obra ocorreria ainda em São João Del Rei, espaço da primeira formação sob a severa vigilância do pai professor e dono de colégio do qual o filho será um dos internos.

Sensíveis exemplos Otto também receberá dos modernistas. Nomes como José Lins do Rego e Graciliano Ramos indubitavelmente redundam. *Menino de engenho* (romance, editado em 1932), *Meus verdes anos* (memórias, editadas em 1956) do primeiro e *Infância* (memórias, editadas em 1945) do segundo são, em nosso cenário cultural, obras de grande

82 P/ cf. busque-se: Medeiros, Benício. *Otto Lara Resende* (Série "Perfis do Rio"). Rio de Janeiro: Relume Dumará, 1998, p. 23 e Santos, Tatiana Longo dos (org.). *Três ottos por Otto Lara Resende*. São Paulo: Instituto Moreira Salles, 2002, p. 152.

importância, quando o assunto é infância ou envolve personagens infantis, fato que, em nossa leitura, faz-se uma das sensíveis vocações do escritor mineiro.

Por isto, alguns são os textos de Otto que recorrem a estes personagens e mesmo a adolescentes. O primeiro deles é "A pedrada", quarto conto de *O lado humano*. "O carneirinho azul" primeiro conto de *O retrato na gaveta* põe-se também como exemplo. "O guarda do anjo" e "Mater dolorosa", respectivamente terceiro e sexto contos de *As pompas do mundo*, estariam para a mesma significação. *O braço direito* conta, por sua vez, com personagens infantis e adolescentes que são os internos do asilo da cidade de Lagedo. Por fim, mencionamos *Boca do inferno*, livro em toda a sua extensão dedicado somente a personagens nas faixas etárias de nosso interesse.

Antes, contudo, da manifestação literária de expressivos personagens infantis e adolescentes, sobre a "infância" Otto já teorizara. Ele publica uma apreciação acerca do tema em 1943. Na *Revista Mariana*, no número de julho e agosto do ano referido[83], o jovem recém iniciado na vida jornalística expressa-se sobre o assunto.

Em artigo, cujo título é "A infância mestra da vida", o futuro autor, em posicionamento crítico e filosófico sobre o tema, defenderá o valor da infância e suas vinculações. A primeira delas ocorre, para exemplo, na estreita relação com o tempo circundante.

Na leitura do jornalista iniciante, os laços da criança com o passado e o futuro inexistem. Para a infância, há o presente. Sua essência temporal restringe-se a este episódio.

Devido a tal, sua referência faz-se destituída de saudade. Este sentimento, o adulto é quem o tem e o projeta sobre seus anos primeiros, quando se recorda.

Nas determinações indiretas do texto, ao adulto poderia pertencer, por conseguinte, a associação entre infância e futuro, fato sem laços, acreditamos, com a lógica que o jornalista estabelece.

---

83 O material em referência é parte do acervo de Otto, sob os cuidados do Instituto Moreira Salles.

A vinculação, entretanto, no plano da realidade existe e, de algum modo, revela o quanto o adulto deseja que sua imagem e padrão se espraiem, apesar, em hipótese, da oposição natural que a infância lhe oferece.

Os seres enquadrados na mesma infância, contudo, na expressão avaliativa de Otto, não se caracterizariam por imediatismo ou irresponsabilidade. No entendimento que do texto fizemos, eles passam ao largo desta tipificação.

Para o jovem jornalista, a infância é essencial. Sua intrínseca ligação com o presente ainda a aloja na história, mas, ao mesmo tempo, dá-lhe a prerrogativa de poder se associar ao mito.

Deste modo, para o autor, a infância seria mais que expressão apenas material. Ela também se torna símbolo e, em nosso entendimento, Otto essencialmente assim a está vendo em seu escrito.

Outros momentos da existência não gozariam, parece-nos, de tal peculiaridade. Outros episódios da vida, como a fase adulta por exemplo, já contam com o diferencial da memória. O ter vivido implica escolher, optar, ter vínculos, guardar lembranças. Esta condição ancora o humano no histórico e suas práticas.

A prerrogativa da história, entretanto, dá ao indivíduo consciência de suas faixas etárias. Noutro patamar, a mesma história – aqui vista como tempo decorrido e vivido - está nos afastando em paralelo das possibilidades míticas e mesmo poéticas aventadas.

O mesmo fato, por sua vez, no texto de Otto não põe em demérito o etário que se distância da infância. Neste episódio, contudo, o tempo é, nas induções do autor, mais absoluto; ele seria expressão destituída do conhecimento das dores da finitude e do devir.

Na extensão do afirmado, pensamos ainda no parecer de que, nas entrelinhas do seu texto, Otto enxerga a infância como cosmos. Dizendo da faixa etária, na crença sobre sua essencialidade, o autor de algum modo também a está tratando como *ethos*.

Assim o sendo, a mesma infância é reunião de traços psicossociais e será também, enquanto *ethos*, morada. Esta última acepção pediria, por sua vez, a "ética", isto é, a postura de bem se cuidar da casa, da morada em nós.

A resposta do futuro autor na defesa de seus próprios pareceres será ainda dar espaço e densidade em sua obra para personagens infantis e adolescentes. Na mesma atitude, no entanto, expressa-se também a ideia de que os personagens em questão não vivem sob redoma.

Estar no mundo significa sujeitar-se a acontecimentos. Com isto, a criança pode ser submetida ao mal, sofrê-lo, vivê-lo. A condição da infância, apesar das prerrogativas que o jornalista lhe empresta, em nada defenderia a mesma infância. O trabalho do escritor também referenda esta visão.

Desta forma, no trato que autor e jornalista lhe emprestam, a infância é vulnerável. Embora Cristo chame a si as crianças, não há escudo imantado para a proteção destes seres[84].

Sabemos, contudo, que esta marca não se faz prerrogativa somente do trato literário que o autor forjará para a infância particularmente em *Boca do inferno*.

Para os românticos, por exemplo, a infância é pureza e a situação não a livra das agruras de uma sociedade que escraviza humanos e, entre eles, crianças. Capta-se o fato na leitura de Castro Alves, apesar da rasgada indignação contra a circunstância, expressa pelo eu-lírico forjado pelo poeta[85].

Ainda exemplificando, lembramos que modernistas também veem a infância como episódio sujeito a intenso sofrimento. Obras citadas confirmam amargamente a ideia.

---

84 "Convém [...] prevenir que dela" (da infância) "deve ser retirada toda a possível ingestão de aurora sem nuvens, iluminada em céu de tranquilidade alva." O trecho pertence a texto que Otto data de 12 de Abril de 1945. Seu conteúdo nos faz cogitar em postura adversa a possíveis idealizações, porventura ligadas ao mundo infantil. P/ cf. busque-se: Santos, Tatiana Longo dos (org.). *Três ottos por Otto Lara Resende*. São Paulo: Instituto Moreira Salles, 2002, p. 10.

85 Vale lembrar que "o navio negreiro do poema de Castro Alves, com todos os seus horrores, era o Brasil, era a metáfora do Brasil escravocrata". P/ cf. busque-se: Silva, Alberto da Costa e. *Castro Alves* (Série "Perfis brasileiros"). São Paulo: Companhia das Letras, 2006, p. 97.

Veste-se desta circunstância a personagem central de *Menino de engenho*. Ao garoto que vive a recorrência de neto de grande senhor de engenho de açúcar pouco serve a condição. O que mais deseja o menino é a mãe. Ele sofre com sua ausência e se angustia na dor da perda que se reitera na gradual partida das tias, levadas pelos respectivos casamentos para outros destinos.

Em *Infância*, por sua vez, muito do que se presencia é o medo do menino aos adultos. Estes mandam e têm sempre, por tudo e por nada, a mão pesada e ativa. O universo dos livros põe-se como prazer e também como refúgio contra o mal da incompreensão, enfrentado pelo menino e pelo adolescente[86].

No autor de nosso interesse, no entanto, a infância é tema que em seu trato recebe inovação. A criança, na maioria dos contos de *Boca do inferno*, estaria ainda e entretanto, para a consagrada vítima. Ela, de uma forma ou de outra, figura como a submetida a dissabores, cuja origem se deve a naturezas perversas. Será ela, contudo e também, espantosa potência para o mal.

Floriano é dos personagens do segundo livro do autor o mais elaborado e expressivo exemplo desta capacidade que muito amedronta.

Com isto, no lastro da personagem, o escritor acaba por distanciar-se do jornalista. No assassinato de Rudá houve premeditação. Rompe-se a barreira entre o crime não pretendido e o tencional. Desenha-se no menino Floriano o quadro do psicopata.

No capítulo IV de nosso escrito, aventurar-nos-emos em leitura interpretativa que apresenta a criança ora e rapidamente destacada.

Voltando-nos, entretanto, em nova aproximação, para o texto de 1943, dele ainda ousamos dizer que será, então, um bom prenúncio. Indubitavelmente, ele inicia um complexo

86 Para Otto, *Infância* é um livro "magistral". P/ cf. busque-se a crônica "Cordiais, mas cruéis", de Lara Resende, publicada no Jornal Folha de São Paulo, em 22 de Agosto de 1992.

trabalho que plenamente se realizará no Otto literato e suas imagens da infância e da adolescência, a partir de 1952 com *O lado humano*, principalmente em 1957 com *Boca do inferno*.

Ainda nas ilações do texto primeiramente referido, achamos de conveniência dele também expressar que, em verdade, já muito intriga em seu título. "A infância mestra da vida" é frase que dialoga com famosa sentença. Seu intertexto se faz com "A história é mestra da vida" (*Historia vitae magistra est*), assertiva atribuída a Cícero[87], o orador romano.

Otto em sua designação, entretanto, dá grau de superioridade à infância. Ela possui caráter pedagógico maior que o da história. A infância ensina ou, ainda: é em seu acontecimento que se aprende, sem que (paradoxalmente, em nosso entendimento) a infância ou, na extensão, a criança tenha consciência de que um aprendizado esteja se processando.

Sem que seja um discípulo de românticos ou realistas, na circunstância ressoa em Otto o Wordsworth e o Machado de Assis já mencionados, com a sugestão de "o menino é o pai do homem".

Atente-se, contudo e repetindo-nos de algum modo, para o fato de que, nas articulações do autor, o menino pode ser um sociopata[88] sobre quem, após sua observação via leitura, resta apenas uma pergunta: quando matará novamente.

Feitas estas observações, passamos a uma primeira apresentação de *Boca do inferno*, assunto de nosso próximo capítulo.

---

87 Marco Túlio Cícero (106 a 43 a.c.): *Orator*, livro II, II, IX.

88 Novamente o exemplo é Floriano, do conto "O porão".

# III

*A importância desse livro será ainda maior do que se possa presumir no momento.* [89]

*Boca do inferno* é o segundo livro da produção de Otto Lara Resende e foi publicado em 1957, pela José Olympio Editora, estando, por isto, há cinquenta anos de seu lançamento.

João Cabral de Mello Neto e Hélio Pellegrino, à ocasião muito próximos do autor devido ao trabalho jornalístico, teriam parcela de responsabilidade na edição. O depoimento de Otto[90] fala em rogo e incentivo dos amigos que, ouvidos e acatados, muito ajudaram na dose necessária de coragem para o lançamento.

As sete histórias de *Boca do inferno* – "Filho de padre", "Dois irmãos", "O porão", "Namorado morto", "Três pares de patins", "O segredo" e "O moinho" – entretanto, sempre falarão por si mesmas. Como eficazes representações do conto, em suas argumentação e estrutura, já traziam a plena justificativa para a edição e forma impressa, naquele quase final de anos 50.

A publicação com a qual se trabalhou, contudo, para a fatura deste ensaio é a de 1994, produzida pela Companhia

---

89 Raymundo Souza Dantas, a propósito do lançamento de Boca *do inferno*, no *Diário de Notícias* (RJ), em 24 de março de 1957.

90 P/ cf. busque-se: Medeiros, Benício. *Otto Lara Resende* (Série "Perfis do Rio"). Rio de Janeiro: Relume Dumará, 1998. p. 70.

das Letras, editora que se empenhou em resgatar a obra do autor após a morte dele.

A experiência concreta e total do mesmo resgate foi a publicação de uma parte da obra que ainda não conhecera o formato de livro, como também a republicação dos contos de 1957 e do romance de 1963[91].

A reedição dos contos que se menciona não é literalmente, no entanto, a primeira publicação. O próprio título já o revela. Na reedição de 1994, a ele vem acrescido um determinante – o artigo feminino –, fato que permitirá, segundo os informes que apuramos, a distinção entre o livro de contos de Otto e o romance homônimo de Ana Miranda, também constante do catálogo de publicações da Companhia[92]. O título original, no entanto, foi o conservado neste trabalho.

Ainda quanto a fato pertencente ao histórico da segunda edição (e que obviamente ajuda a distingui-la da primeira) tem-se a dizer que a editora[93] acatou as alterações que o escritor, em data que não conseguimos precisar, efetuou em *Boca do inferno*.

As alterações às quais aludimos ocorrem somente no texto e, curiosamente, se efetuaram apenas em seus primeiro e quinto contos, como se pode perceber em exemplar de trabalho (obviamente da edição de 1957) que se tornou o manuscrito, onde ocorreu a refusão dos textos.

O precioso exemplar, por sua vez, pertence ao acervo da biblioteca de Otto que passou, após o seu falecimento, à salvaguarda do Instituto Moreira Salles, também o depositário do arquivo de recortes do escritor, por ele montado em vida.

Ao mesmo arquivo o autor, então, recolheu a sua produção jornalística e o conjunto, por conseguinte, acabou

91 Os informes do parágrafo foram detalhados no capítulo II.

92 Os informes a que se alude são os a nós oferecidos por Humberto Werneck, em conversa ocorrida no Instituto Moreira Salles, em fevereiro de 2006.

93 A organização do volume junto à Companhia das Letras esteve a cargo de Humberto Werneck.

também coligindo os textos que *Boca do inferno* recebeu da crítica, assunto de nosso último capítulo.

Já quanto às modificações feitas, tem-se primeiramente a dizer que, alterando sua escrita em texto já editado ou fundindo letra manuscrita à impressa, por mais este aspecto Otto filiou-se a uma tradição.

No procedimento, quando pouco, nos remete a Machado de Assis, a Eça de Queirós e outros que estão entre os primeiros de nossa citação e o autor de nosso interesse em suas práticas e idiossincrasias.

Conhecido que é, no entanto, o gosto de Otto pela reescrita constante de seus textos[94], pode-se dizer das alterações de *Boca do inferno* que elas fogem em quantidade, ao padrão de procedimento do Otto assíduo revisitador de seus escritos.

Das mesmas alterações, na moderada porção de sua quantidade, talvez se pudesse afirmar, pensamos, que fossem, em hipótese, um pouco da expressão dos ressentimentos do autor com o espírito infenso da crítica que, em 1957, recepcionara seu livro.

Com a repercussão de *Boca do inferno*, as dificuldades surgiram para Otto, conforme seu próprio depoimento[95], após a suspeita quase generalizada a que livro e escritor foram submetidos, devido ao conteúdo (nefasto para muitos) das histórias.

Àquela altura, representantes de nossa crítica literária e outros segmentos de leitores mostraram-se, a nosso ver,

---

94 Benício Medeiros, biógrafo de Otto, dá-nos conta desta peculiaridade do escritor. Ele chega a dizer que Otto Lara Resende é um "perfeccionista", atormentado por "uma aflição flaubertiana". Ainda recuperando o que o próprio escritor atestava de si, lembra que Otto dizia que *O braço direito* deveria chamar-se, quase trinta anos depois de sua primeira publicação, *O braço esquerdo*, tanto o seu autor o reescrevera. P/ cf. busque-se: Medeiros, Benício. *Otto Lara Resende* (Série "Perfis do Rio"). Rio de Janeiro: Relume Dumará, 1998, p. 16.

95 O depoimento a que se faz menção encontra-se em livro organizado por Tatiana Longo. P/ cf. busque-se: Santos, Tatiana Longo dos (org.). *Três ottos por Otto Lara Resende*. São Paulo: Instituto Moreira Salles, 2002, p. 55.

indevidamente pouco receptivos à obra; foram pouco sensíveis à percepção, ao entendimento do livro substancial que se fazia editar naqueles inícios de 1957[96].

As circunstâncias explicitadas, entretanto, não nos inibem quanto a dizer que, em nossa avaliação, o primeiro e o quinto contos da edição de 1994 (os mesmos da edição de 1957, isto é: "Filho de padre e "Três pares de patins") são escritos bem mais apurados na forma, no poder de expressão que os supostos mesmos escritos da década de 50.

No processo das alterações, percebe-se que o intuito foi a redução de palavras[97], na busca do mais verdadeiramente essencial.

Noutros termos, a máxima implícita estaria sendo, em nossa leitura, o dizer-se mais, só que em forma condensada.

A intenção, em sua virtude, revela também o escritor no encalço de um estilo que está sempre se fazendo e que suspeita de si mesmo, mas eficazmente se concretiza. "Filho de padre" e "Três pares de patins" tornam-se exemplos desta culminância. Ousamos afirmar que as outras cinco histórias – as não alteradas em sua escrita – já o eram.

A forma em Otto, então, acontece com precisão e, por intermédio dela, com certeza se pode divulgar que o seu autor é um estilista da língua. Sem a mínima sombra do antigo

96 Dois outros preciosos livros, lançados em 1957, são *Marcoré*, de Antônio Olavo Pereira, e *Solidão solitude*, de Autran Dourado, obras que também trazem instigantes imagens da infância e da adolescência.

97 Autran Dourado, afirmando suas impressões, chega a dizer que, da parte de alguns escritores, o hábito de reescrever (reescrita enquanto constante retoque, o que implica em alguns casos, a intensa retirada de palavras) transformou-se em obsessão, em martírio, e que Otto é um desses martirizados, conduzido que sempre foi pela "férrea disciplina mineira", que tem no crítico Eduardo Frieiro (*A ilusão literária*), para exemplo, um de seus fortes incentivadores. Autran também menciona a ligação entre Otto e Dalton Trevisan e o papel de crítico que o primeiro exerceu sobre a escrita do segundo, que pedia ao mineiro fosse "cruel" com sua escrita (a dele, Dalton), no processo de apreciação, anterior ao aparecimento em livro. P/ cf. busque-se: Dourado, Autran. *Uma poética do romance. Matéria de carpintaria*. Rio de Janeiro: Rocco, 2000, pp. 84 a 87.

e parnasiano culto à forma, a escrita de Lara Resende, em suas atitudes e resultados, alega e comprova que o bom feitio é necessário. As histórias de *Boca do inferno* com sucesso sustentam o afirmado.

Dos sete contos ainda emana a ideia de que forma e sobriedade são posições que querem se confundir, que há na referida forma o desejo de expressão e elegância, sem obviamente qualquer indisposição que o termo possa suscitar.

Em nossa leitura, a expressividade do *Boca do inferno* editado pela Companhia das Letras também se apresenta aumentada, graças às ilustrações que contém. Apesar de poucas e se fazendo constantes pela repetição, elas portam um conteúdo que, de algum modo, interage com os sentidos dos contos.

Nesta preleção sobre o livro, contudo, nosso texto pretere, em sua primeira instância, análise mais detida dos, acreditamos, significativos aspectos gráficos da edição. Ele busca fixar-se apenas no texto de Otto que é, pensamos, o material mais importante.

Induzidos, assim, pelas sugestões da escrita dos contos, prosseguimos, afirmando que, indubitavelmente, o livro é um todo de expressivo valor literário e (por que não o dizer) social. Nas histórias, forma, modo de expor e conteúdo se conjugam em imagens de impacto e tragicidade que fazem pensar.

Também sustentam o livro, em nossa opinião, no patamar de obra que se perpetua para as novas e futuras gerações de leitores em Língua Portuguesa.

Do universo em evidência, os teores seriam, então, aqueles do mergulho na dor e no profundo desconforto (situação já minimamente anunciada), curiosamente em meio a uma ambiência interiorana, de bucolismo duvidoso, já que, em verdade, espaço de sofrimento.

No texto introdutório (infelizmente não assinado) à edição de *Boca do inferno*, de 1957, afirma-se que a “ambiência” a que nos referimos pertenceria a “uma pequena cidade imaginária do interior de Minas Gerais”.

O nome do estado, entretanto, não é literalmente citado em nenhum dos contos, mas peculiaridades de sua cultura se fazem denunciar, por exemplo, na fala de algumas personagens, como é o caso da Rosária, de "O moinho".

O título, já muito citado em nosso texto, por sua vez é tomado de empréstimo ao conteúdo do primeiro dos contos. A narrativa tem como parte de seu cenário uma espécie de gruta, formada obviamente por lajedos, entre os quais vai se refugiar a personagem central – o menino Trindade –, após haver cometido um homicídio.

Em afinado grau de pertinência mostram-se, por isto, as ilustrações escolhidas para a edição de 1994. Em rápido comentário, lembramos que as vinhetas – que são pinturas rupestres[98] – estão, em várias de suas verídicas ocorrências, em grutas e cavernas e, na dinâmica de alguns de seus sentidos, revelam a rocha se desdobrando em si mesma, tal como se tem em "Filho de padre".

Por isto, no conto, ela – a caverna – passa a conter e difundir, deste modo e em sua duplicação, as dimensões de lar, palavra que, no caso de Trindade, lemos como refúgio, esconderijo e, de algum modo, templo onde se celebra uma interioridade que se agita dilacerada, que contempla a si mesma, enquanto vítima que está, quase pintura, sobre a pedra sacrificial[99].

Repetindo-se, e variando conforme a pertinência, a situação descrita faz-se, então, presente em cada um dos enredos do livro, sendo mais que evidente na narrativa inicial de *Boca do inferno*.

---

98 As pinturas rupestres reproduzidas no livro pertencem ao acervo da "arte rupestre espanhola".

99 No caso, parece-nos interessante recorrer à ideia de que cavernas e tumbas eram templos para os primeiros cristãos; que, ainda, segundo certa prerrogativa, Cristo teria nascido em uma gruta e que, por fim, muitos altares, quando se pensa o culto católico, contêm relíquias e pedaços de pedras, cuja função é lembrar as sacrificiais, por sua vez memórias de cerimônias recuadas, nas quais sangue era derramado sobre rochas na função de altar. P/ cf. busque-se: Chevalier, Jean; Gheerbrant, Alain. *Dicionário de símbolos*. Coordenação de Carlos Sussekind; tradução de Vera da Costa e Silva e outros. Rio de Janeiro: José Olympio, 1989, pp. 696 a 702.

À gruta presente no cenário do conto dá-se, na história, o nome de "boca do inferno", designação que tem, no desenvolvimento pleno da história, dimensões metafóricas, na sintonia de gruta e caverna.

Ela se torna para Trindade, entre outras alternativas, a gruta interior, aquela onde, mais do que nunca, o menino está entocado, vivendo as agruras de um inferno existencial que será comum a todos os personagens centrais das histórias do livro de Otto.

Na perpetuidade das correspondências, a gruta passaria a estar, então, no ser. Representaria na personagem o profundo do que não se vê ou, noutros termos, o remoto de uma subjetividade, o subterrâneo.

Ainda no espraiamento das ilações, "subterrâneo", por sua vez, teria como sinônimo, na irradiação dos enredos, o termo "encoberto" (secreto, segredo), palavra em parte também tocada por certa carga de "grotesco", de "agressividade" e mesmo "terror", todos conteúdos a se projetar em "porão", "recôndito", "intimidade", "montanha" e, ao fim, "inferno".

A última associação, por sua vez, aumentaria a sua viabilidade ante o texto de Otto, se nos lembrarmos que o inferno é, para certas concepções, uma geografia que se encontra sob a terra, que está embaixo e abaixo, também o espaço do inferior, do abjeto, do ínfimo.

Os significados que compõem a caverna, entretanto, não se encerrariam no conjunto das proposições até aqui desenvolvidas. A gruta, em *Boca do inferno*, ainda se estende e a flexibilidade de sua equivalência acaba por ser o mais forte valor na composição do quadro de riquezas do livro.

Em seu significado, por isto, também se encontra o parecer de que ela representa o inconsciente. Neste enquadramento, a caverna, então, passa a ser o conjunto dos recalques da personagem que estiver em foco.

Noutros termos, a cave, por associação, quer ser o conjunto dos mecanismos de defesa de uma interioridade, ativados principalmente nas circunstâncias em que a vida se lhe mostra adversa, fato em grande comunhão com o histórico das personagens.

Os mesmos personagens, devido a tal, se irmanam na dor. No caso, entretanto, também se irmanariam na imagem da caverna que a todos contém e, de algum modo, os apresenta.

O movimento desta apresentação, por sua vez, muito revela. Ele vai do recôndito para fora, do sub para o sobre, do nebuloso para a exterioridade e, simultaneamente, refaz o trajeto em ação inversa.

Paralelamente, o sésamo[100], para a abertura da propalada caverna, acaba por ser a agressão sofrida. Os enredos de *Boca do inferno* confirmam o fato e mostram que o tesouro da primeira expectativa teve sua essência alterada.

Se, na perspectiva do conto oriental, o "Abre-te, Sésamo" leva à riqueza acumulada por Ali Babá e seus comparsas, em *Boca do inferno* levará à dureza de uma rocha que, humanizada, é feita de extremos de dor.

Assim, na referência dos sete contos, sésamo se modifica e deixa de ser parte da fórmula mágica[101]. Ela assume-se como caverna existencial e humana, na qual se rompeu com a ideia de grão e, no estendido da metáfora, rompeu-se com a simbologia da fecundidade. Na semente que não se abre, que não germina – porque as crianças foram brutalizadas – as riquezas da terra não se revelam, vencendo, então, o mais que árido.

No múltiplo de suas possibilidades, a caverna não deixaria de ser também um forno. À sua volta, brincam, por sua vez, crianças que, conforme a tradição, têm de fazer tudo o que o mestre mandar, sob o perigo de virem a sofrer medonho castigo.

---

100 Sésamo é o vocativo da célebre frase "Abre-te, Sésamo". Seria, por conseguinte, o receptor da mensagem. Por isto, entendemo-lo, em primeira instância, como a própria caverna.

101 Literalmente, sésamo é uma semente, cuja estrutura a ordem do "Abre-te" quer romper. P/ cf. busque-se: Chevalier, Jean; Gheerbrant, Alain. *Dicionário de símbolos*. Coordenação de Carlos Sussekind; tradução de Vera da Costa e Silva e outros. Rio de Janeiro: José Olympio, 1989, pp. 825 e 826.

Por isto, não sem uma essencial razão, o estribilho da brincadeira reitera em *memento*: "boca do forno, forno", querendo lembrar a proximidade da tribulação, que pode sobrevir aos incautos e aos incompetentes no cumprimento de tarefas.

Na extensão dos fatos, o mesmo forno, que está para caverna, se reitera em inferno e o jogo das palavras vem para o literário, ganhando, entretanto, densidade de chamas nos significados da escrita de Otto.

Ainda entrelaçado à mesma circunstância, estaria, na abrangente significação, o resgate que o autor efetua de lembrança de sua infância, episódio no qual, segundo seu depoimento[102], ele – Otto – costumava visitar a fazenda dos avós maternos[103].

Na propriedade, havia local chamado pelos parentes de "boca do inferno", geografia interditada às crianças, ao que tudo indica por sua periculosidade, mas, por isto mesmo, local atraente, com poder de fascínio por sua beleza rústica, natural e de algum perigo, tal como se tem em "Filho de padre".

Em perspectiva paralela, na força de sua expressão, *Boca do inferno* angariará para seu autor, ao menos por algum tempo, a pecha de (ousamos dizer) maldito[104], o que lhe gera diversos transtornos.

---

102 O documento ao qual nos referimos se encontra na posse do Instituto Moreira Salles, e seus teores são respostas (datilografadas) que Otto dá a um questionário que lhe enviara Renard Perez, com o intuito de montar texto biográfico (seguido de antologia) do autor e de outros literatos, cuja escrita repercutia nos anos 50 e 60. O texto que Renard Perez chega a editar não traz, entretanto, a informação de Otto referente ao que se afirma no parágrafo a que esta nota pertence. P/ cf. busque-se: Perez, Renard (org.). *Escritores brasileiros contemporâneos*. Rio de Janeiro: Civilização Brasileira S/A, 1964, pp. 295 a 300.

103 A fazenda a qual Otto – menino de cidade – visitava e à qual o adulto faz referência localiza-se em Resende Costa – antiga Vila da Lage (Laje, em escrita atualizada), nas proximidades de São João Del Rei.

104 Volte-se sempre, para exemplo, à dimensão de "caverna" que, em nossa apreensão, os contos veiculam.

Como de outro modo já se disse, a crítica oficial e outros leitores que, recepcionaram o livro em seu lançamento, padeceram de certa dificuldade em separar autor e homem[105], fato que, infelizmente, não é pouco comum.

Ao mesmo tempo, não se pode negar que os fatores elencados tiveram o poder, em nossa interpretação, de alçar o livro de Otto à situação de emblemático: ele torna-se referência, quando se pensa o universo literário do escritor de São João Del Rei; ele passa a ser paradigma, quando se recorre a todos os textos do autor que têm, ao menos em alguns de seus episódios, por personagens centrais crianças e adolescentes[106].

Em meio a estes parâmetros, a possível situação de escrito anterior ou posterior de um outro texto de Otto, enquanto cronologia de escrita ou publicação, não retira a primazia de *Boca do inferno*, não lhe tira o poder da referência, o papel de o livro aglutinador de tensões nada idealizadas a que as faixas etárias em destaque, em nosso ensaio, foram submetidas.

À impossibilidade de catarse das personagens centrais prendem-se, na órbita do livro, as tensões nada idealizadas referidas.

Sua significação, entretanto, está em tensões "nada brandas ou amenas", pois, para Otto, mesmo a criança feliz

---

105 Buscaremos em nosso texto "mostrar esta dificuldade" a que nos referimos. Nesta nota também expressamos a ideia de que bom seria se "o autor" fosse apenas e tão somente o "conjunto de seus textos", tal como enfatiza Foucault. P/ cf. busque-se: Foucault, Michel. *O que é um autor?*. Tradução de José A. Bragança de Miranda e Eduardo Cordeiro. Lisboa: Vega, 2002, pp. 29 a 87.

106 Sempre para maior elucidação, retomamos nesta nota informe já presente no capítulo II. Lembramos, assim, que, excetuando-se os contos de *Boca do inferno*, os outros escritos de Otto que têm por personagens centrais crianças e adolescentes seriam: "A pedrada", quarto conto de *O lado humano*; "O carneirinho azul", primeiro conto de *O retrato na gaveta*; "O guarda do anjo" e "Mater dolorosa", respectivamente terceiro e sexto contos de *As pompas do mundo*. *O braço direito* conta também com suas personagens infantis e adolescentes que são os internos do asilo da cidade de Lagedo (Lajedo, em escrita atualizada).

está muito vocacionada para o sofrimento[107], visão que é um componente trágico do sentimento de mundo do autor.

Em sequência de raciocínio, apesar da obviedade da informação, é preciso que, nos repetindo, ainda se reafirme de *Boca do inferno* que é um livro de contos, o gênero literário mais praticado por Otto Lara Resende e criação na qual as marcas do escritor de talento e sensibilidade puderam aparecer e bem se corporificar.

O fato, no entanto, não desmente a vontade do autor em também se expressar no campo romanesco, seara que se vê concretizada, como já o afirmamos, em 1963, com a publicação de *O braço direito*[108], obra que corresponde a um anseio de juventude formada, em sua vertente literária, na ideia de que a obra de maior competência é o romance.

A mesma crença envolve outros escritores contemporâneos de Otto, sendo em parte, por exemplo, justificativa, em nossa avaliação, para o empenho de Fernando Sabino na escrita e publicação de *O encontro marcado*[109], escrito de importância em nossa expressão literária do pós-guerra, lançado em 1956.

Antes do lançamento de seu romance, entretanto, Otto já se fizera publicar três vezes e na representação do conto, atividade que, por isso, sua escrita ajuda uma vez mais a consagrar. *Boca do inferno*, apesar de ainda segunda obra de uma carreira, colabora para este elogio, sobressaindo-se devido ao fato e não apenas, como se percebe, pela já anunciada celeuma que o teor de seus enredos moveu.

As controvérsias geradas destacam o livro quando de sua publicação, mas, de algum modo, acabam por encobrir, em nossa leitura, alguns e importantes aspectos da obra. Um

---

107 P/ cf. busque-se: Santos, Tatiana Longo dos (org.). *Três ottos por Otto Lara Resende*. São Paulo: Instituto Moreira Salles, 2002, p. 56.

108 Volte-se ao capítulo II do presente ensaio.

109 Sobre a suposta superioridade do romance sobre outros gêneros Sabino fala a Otto, em carta de 04 de agosto de 1957. P/ cf. busque-se: Sabino, Fernando. *Cartas na mesa*. Rio de Janeiro: Record, 2002, p. 191.

deles estaria, para exemplo, no didático e, em nossa interpretação, tencional número de suas histórias.

Sete, então e como já se afirmou, é o cômputo das narrativas. A cifra, contudo, gera controvérsias por conta da ampla gama de suas significações.

Uma tentativa de análise do número implica lembrar quando pouco, que ele simboliza a totalidade do espaço e do tempo e, na extensão, a totalidade do universo em movimento.

O sete ainda seria o sabá, isto é, o sábado que (ao contrário do que se imagina) não é o repouso. Repousar seria atitude externa à criação e o que se busca, em uma conclusão de trabalho, é o coroamento, a sensação do dever cumprido, valor mais condigno.

Esses significados, entretanto, põem-se, em nossa leitura, distantes dos sentidos das histórias de *Boca do inferno*. Habita-as tão carregada tensão que não conceberíamos essências de viés lírico ao número total de narrativas do livro.

Em meio aos sentidos que, então, para o sete cogitamos, ante *Boca do inferno*, escolhemos a ideia de que ele representa a ansiedade[110]. No encerramento do ciclo de histórias do livro é o sentimento que nos fica, seguramente atrelado à preocupação com o que ainda poderia suceder a crianças já tão martirizadas ou, noutra instância, quais os seus futuros, se os fatos se perpetuassem na estrutura ficcional.

Sob outro aspecto, ainda ousaríamos dizer que o destino pintou o sete na vida das crianças e adolescentes do livro de Otto e que a tinta, de uma substância vivencial, ninguém a consegue remover.

Noutro parâmetro, o precioso ainda estaria se expressando no respeito à significação de conto, gênero cujos teores Otto bem conhecia (assim interpretamos) e não apenas devido à sua condição de leitor de talentosos contistas de

110 P/ cf. busque-se: Chevalier, Jean; Gheerbrant, Alain. *Dicionário de símbolos*. Coordenação de Carlos Sussekind; tradução de Vera da Costa e Silva e outros. Rio de Janeiro: José Olympio Editora, 1989, pp. 826 a 831.

nossa língua e da francesa, cultura que muito marcou o autor ao longo de sua vida[111].

Ao que tudo indica, Otto preocupava-se com o gênero e o estudava, havendo em meio a seus livros algumas provas de seu interesse com as técnicas deste módulo literário[112].

Tocado, em nossa perspectiva, pelos conteúdos desta preocupação, é o próprio Otto quem nos lembra, em momento avaliativo[113] e sem cair no óbvio, que conto significa "criação verbal"[114], querendo com isto afirmar, em nossa interpretação, que ele – o conto – deve ser manuseio acurado do vocábulo.

A mesma palavra, em sua busca de expressividade e, ao mesmo tempo, precisão, deve entrelaçar-se à ideia de que é leitura e, mais que isto, tempo de leitura ou uma duração "que se lê de uma sentada", ainda com o compromisso de [...] "desvendar algo de novo, que ressoe para sempre", o que é pretensiosa incumbência, contudo resultado que se alcança nos contos de *Boca do inferno*.

Frequentando-se seus escritos autobiográficos, percebe-se a ligação de Otto ao gênero. Em situação específica[115], ele cita autores que neste campo o antecederam.

Machado de Assis é sua primeira admiração e seu primeiro professor no gênero[116]. Mário de Andrade – unani-

---

111 Do Otto apreciador de contos sua biblioteca nos dá notícia, com um acervo de ao menos 120 títulos no gênero.

112 Na biblioteca que pertenceu ao escritor, no momento sob os cuidados do Instituto Moreira Salles, encontra-se, para exemplo, e com diversas anotações o *A criação literária*, de Massaud Moisés, em, salvo engano, primeira edição.

113 P/ cf. busque-se: Santos, Tatiana Longo dos (org.). *Três ottos por Otto Lara Resende*. São Paulo: Instituto Moreira Salles, 2002, p. 109.

114 P/ cf. busque-se: Santos, Tatiana Longo dos (org.). *Três ottos por Otto Lara Resende*. São Paulo: Instituto Moreira Salles, 2002, p. 109.

115 Em entrevista a Edla van Steen. P/ cf. busque-se: Santos, Tatiana Longo dos (org.). *Três ottos por Otto Lara Resende*. São Paulo: Instituto Moreira Salles, 2002, pp. 82 a 117.

116 Na vida de Otto, a presença de Machado, por meio da leitura, é recuada. O autor já é parte do mundo do Otto menino ginasiano. P/ cf. busque-se: Medeiros, Benício. *Otto Lara Resende* (Série "Perfis do Rio"). Rio de Janeiro: Relume Dumará, p. 24.

memente o amigo-conselheiro de todos os jovens literatos do circuito belo-horizontino a que Otto pertencera[117] – também é sua referência[118].

Já entre os mais contemporâneos, a apreciação recai sobre Clarice Lispector, Rubem Fonseca e Dalton Trevisan, autor a quem Otto admirava, por conta da maestria do paranaense no microconto.

Outros procedimentos de importância, entretanto, ainda caracterizam a escrita dos contos de Otto e, no caso, também *Boca do inferno* será o espaço para seu acontecimento. Trata-se da obediência, por exemplo, às normas da sintaxe de colocação, distanciando-se, por isto, seu estilo de algumas práticas que a geração modernista já incorporara ao seu dizer, e práticas que o Otto Lara Resende leitor já havia constatado.

Em atenção a outras características da escrita do autor, deve-se citar ainda o límpido de sua frase, ligado a um gosto pela ordem direta dos termos e por uma estrutura de período que, mesmo quando se apresenta composta, se faz por um número reduzido de orações.

Nos sete contos, o mensurado uso do adjetivo torna-se outro aspecto de escrita que ainda se deve mencionar. Na busca da anunciada expressão feita pelo mais nuclear, o autor acaba por ser mais parcimonioso no uso de adjetivos e outros determinantes.

Com o procedimento, por conseguinte, o centro nominal, no texto, representa mais em si e o artifício, em instância

---

117 Um dos depoimentos sobre a importância de Mário de Andrade para os escritores e jornalistas mineiros da geração que sucede a do Modernismo é dado por *Hélio Pellegrino*. P/ cf. busque-se: Pires, Paulo Roberto. Hélio Pellegrino (Série "Perfis do Rio"). Rio de Janeiro: Relume Dumará, 1998, p. 16. Conhecida tornou-se também a crônica de Otto sobre Mário, escrita no primeiro aniversário da morte do poeta em 1946. P/ cf. busque-se: Miranda, Ana (org.). *O príncipe e o sabiá e outros perfis*. São Paulo: Companhia das Letras / Instituto Moreira Salles / Casa de Cultura de Poços de Caldas, 1994, pp. 15 a 17.

118 P/ cf. busque-se: Santos, Tatiana Longo dos (org.). *Três ottos por Otto Lara Resende*. São Paulo: Instituto Moreira Salles, 2002, p. 109.

última, porta uma revelativa cota de responsabilidade no jogo das tensões que perpassam as páginas.

Circunstância que também ligamos à elegância do dizer de Otto está em sua sutileza de não permitir que seu narrador diga explicitamente o que de mais terrível se passou com suas personagens.

*Boca do inferno* é, neste aspecto, também bom representante. Em suas situações de clímax, impera a sugestão, o dizer pelo não dizer, prática que, de modo algum, entretanto, exclui o leitor do entendimento da mensagem.

Quanto à mesma estratégia, ainda se poderia dizer, pensamos, que ela seja modo de afastar da via literária a sordidez do cotidiano[119], mas sem a negar enquanto conteúdo, enquanto cabal parte das existências, inclusive de crianças e adolescentes, as personagens de centro do livro em questão.

Por assim o ser, em *Boca do inferno*, sabe-se, para exemplo, do estupro, mas sem que se mencione a palavra, sem que a escrita detalhe o gesto; sabe-se do assassinato, mas sem que se escreva o vocábulo.

A tática, em nosso modo de interpretar, convida o leitor a mais intensamente fruir o texto, a dar a ele mais atenção. O procedimento, na indução de nossa leitura, estende ao mesmo leitor o prévio aspecto de intérprete.

Acerca do mesmo fato, é preciso ainda que se declare, estendendo nosso raciocínio, que a ausência anunciada é mais que tencional. O convite à ação do leitor ante o escrito é fato sob o qual se desenvolve a ideia de que o texto é também o que se estende no silêncio.

---

119 "É preciso não fazer da literatura uma sarjeta, engrossar a abjeção humana. E todavia longe de mim atitude edificante, moralizante". O pensamento é da autoria de Otto e é parte de resposta à pergunta síntese "Quem é Otto Lara Resende", feita ao autor por Paulo Mendes Campos, para entrevista publicada na Revista Manchete, em abril de 1975. P/ cf. busque-se: Santos, Tatiana Longo dos (org.). *Três ottos por Otto Lara Resende*. São Paulo: Instituto Moreira Salles, 2002, p. 61. A sordidez do cotidiano sem meias tintas está, para exemplo, escrachada em textos de Dalton Trevisan.

Em simultaneidade, outra substância, por sua vez, ganharia forma. O que a constitui é o parecer de que, no mesmo silêncio, o que se tem, em verdade extrema, é a palavra como desnecessária ou, sob outro ângulo, a palavra como signo gasto.

O termo (signo gasto), remetendo-nos a Barthes, põe-nos também em contato com a ideia de que silêncio seria, no contexto de que faz parte e do modo como acontece, função poética[120].

À constatação prende-se a equivalência de que, na função poética do silêncio, a mesma palavra que o antecedera apenas fora uma isca[121], para que, em intenção última, chegássemos ao indizível dos mundos das personagens centrais, tão marcadas (quase todas) da atroz violência.

Com o dito acima, não se sugere, no entanto, que o silêncio aludido seja das personagens. Reiteramos a ideia de que, para nós, trata-se, no assunto evidenciado, de um silêncio pertencente ao texto, à sua escrita; trata-se de um aspecto que, em nossa leitura, acaba por ser a expressão de um estilo.

Às personagens de *Boca do inferno* (ao menos às principais) cabe, no contexto de cada um dos enredos e em nossa apreciação, não o termo "silêncio", mas sim o vocábulo "mutismo", para designar-lhes a ausência de palavras no extremo das angustiantes situações que as atingem[122].

Nossa apreensão não ousa tomar por sinônimos os vocábulos (no texto-leitura, não vocábulos, mas certamente os sentidos ante o mundo), apesar da proximidade semântica entre ambos, se frequentarmos dicionários.

Em nosso contexto, mutismo é oposição a silêncio. Quando o empregamos na vinculação às personagens, lem-

---

120 P/ cf. busque-se: Barthes, Roland. *O prazer do texto*. Tradução de J. Guinsburg. São Paulo: Perspectiva, 1993, p. 92.

121 A palavra "isca" não é nossa; tomamo-la de empréstimo a texto de Clarice Lispector. P/ cf. busque-se: Lispector, Clarice. *Água viva*. Rio de Janeiro: Artenova S.A., 1973, 115 p. Também a encontramos em "Catar feijão", segundo poema de *Educação pela pedra*, de João Cabral. P/ cf. busque-se: Melo Neto, João Cabral. *Obra completa* (vol. único). Rio de Janeiro: Nova Aguilar, 1999, pp. 335 a 367.

122 Expressivo exemplo é, no caso, Sílvia, do conto "O segredo".

bramo-nos de obstrução, ocultamento, degradação, medo, todos sentidos que contrariam a "liberdade" que, muitas vezes, o silêncio[123] oferece.

A liberdade presente no silêncio estaria, por sua vez, para uma revelação, semântica que, como se constata em nosso raciocínio, o mutismo oblitera. A revelação, por isto, estaria sempre para uma hipótese de elevação, possibilidade interditada às personagens centrais de *Boca do inferno*.

O fato, contudo, também se estende, em sua força, sobre o adulto opressor. A ação negativa que ele desencadeia encontra origem em interioridade deturpada, na ausência de uma iluminação que, se existente, para o positivo tudo poderia modificar.

Fato que, em *Boca do inferno*, também interage diretamente com aquele que lê seus contos é o tratamento dispensado ao narrador, figura que, mesmo com sua existência em terceira pessoa por todos os sete enredos, nada traz das práticas da onisciência absoluta.

Sua ação é a de estar com a personagem e, na extensão, tê-la como seu limite. Ao longo das sete histórias, as personagens inibem a menção direta ao narrador. Ele, contudo e curiosamente, vive a responsabilidade da transmissão da maioria dos informes que nos chegam, pois poucos são os episódios de discurso direto nas narrativas.

Nos mesmos valor e poder destas afirmações, *Boca do inferno* ainda traz, como recurso do seu estilo, uma linguagem que, sob a ação do narrador, mimetiza a brutalidade à qual os personagens infantis e adolescentes são submetidos[124].

---

123 A positividade do silêncio residiria, entre outros aspectos, na hipótese de que ele ocorre, para exemplo e segundo alguns pareceres, antes da criação e após o final das eras, prova de sua ligação com os grandes acontecimentos. P/ cf. busque-se: Chevalier, Jean; Gheerbrant, Alain. *Dicionário de símbolos*. Coordenação de Carlos Sussekind; tradução de Vera da Costa e Silva e outros. Rio de Janeiro: José Olympio, 1989, p. 834.

124 No mimetizar, o narrador em questão efetua uma *mimese*, isto é, uma recriação de realidade, fato que dá mostras, em nossa opinião, de sua importância no texto de Otto.

A prática diretamente nos filia a raciocínio desenvolvido em parágrafos anteriores, mas, neste momento de nosso texto, indica-nos o responsável por um procedimento que, em verdade última, será de escrita ou, ainda, de escolha de um modo de escrever.

A cena do estupro de Silvinha bem exemplifica, em nossa avaliação, o que se afirma. Falando o narrador, somos advertidos para o fato de que a menina foi dobrada sobre o sofá (p. 89, 8º par.), situação que, na aparente inadequação do verbo dobrar, causa o estranhamento.

No contexto, entretanto, o mesmo verbo, na tencionalidade da escrita, indiretamente revela a participação forçada da menina. Na instância, Sílvia foi submetida à conjuntura. No dobrar (dobrá-la) está a força despendida pelo agressor e o sádico da imposição da vontade do adulto ao corpo sem movimento, endurecido, mas frágil da criança.

À menina coube, na cena, fechar os olhos, gesto que, em sua concretude, é tentativa de ausentar-se ou momentaneamente morrer, para negar o ato e as marcas indeléveis – mais que físicas – que dele ficarão.

Toda esta carga emocional, no entanto, condensa-se no texto em três curtas orações. A tensão, com isto, chega à culminância e, vencido o repúdio à brutalidade, vence o texto no poder de expressar.

A “sugestão” já mencionada encontraria, assim, suas causas no narrador, elemento da narrativa que, no livro em análise, estrutura uma igualdade entre a voz de dentro dos enredos e a voz de fora.

O narrador, enquanto causa da sugestão, dá, assim, ao texto (ao texto que é sua fala) um caráter eufemístico. Noutros termos, ele seria quem tem a capacidade de suavizar o poder conotador da palavra, já que sua expressão não se utiliza do vocábulo específico, nem se detalha.

O expediente do narrador, contudo, perante a rudeza da realidade, poderia soar para alguns leitores como mera retórica ou modo de ocultar o caráter sádico, em verdade última do narrador.

Se existente – entretanto – o raciocínio, com ele não concordamos. Cremos noutro argumento. Como atitude do narrador, o recurso eufemístico – parceiro correlato da fluência do mesmo texto – seria contraponto ao abissal da vida das personagens.

Noutra esfera, o recurso ainda corresponderia a modo (curioso modo) de destacar o aviltado, em gesto de possível solidariedade.

Por sua vez, o recurso estilístico que representaria, nos contos, o mesmo abissal é a reificação, sempre sinônimo do humano embrutecido, desrespeitado, privado de sua merecida e prosopopeica ascensão.

Nesta circunstância, pedimos, assim, que se deduza que também a fluência anunciada da escrita está, no texto, como contraponto, como recurso de oposição que vale apreciar, entender nas dimensões do eufemístico.

Para a mesma circunstância, direcionar-se-ia a questão das vozes. Nomeando-as, dizemos que a de dentro seria a voz da personagem; a de fora, a do narrador. A estreita convivência entre ambas, entretanto, estabelece o que, anteriormente, chamamos de igualdade. Noutra instância, uma quase fusão, fato que, se verdadeiro, torna menos rarefeita a hipótese de narrador solidário.

A atitude também se materializa, em nossa interpretação, no convite para, no processo de leitura, a já citada ação mais participativa do leitor que, devido a este artifício, se vê na condição de maior identidade com as personagens nos seus acontecimentos de vida.

Nos enredos, a condução de quem lê também se faz pela disseminação de um suspense, recurso que, mais uma vez graças ao trabalho do narrador, vai se desenvolvendo gradualmente na extensão de todas as histórias.

Na trajetória de Floriano, no terceiro conto, tem-se claro exemplo deste suspense disseminado. Antes do assassino frio e calculista, transcorreram-se algumas etapas. Em voga, primeiro, está o menino sádico que maltrata animais. Depois, avista-se o masoquista que escavaca as pequenas feridas. Em cena, na sequência, está o dissimulado que atrai o amigo crédulo para o perigo fatal que, ao fim de tudo, é o Floriano de plácida, mas sempre dissimulada aparência do início.

O fato, por sua vez, entrelaça-se à empresa de condução do leitor ao clímax dos enredos e a mesma condução conhece etapas na narrativa.

Há, em *Boca do inferno*, por isto, equivalência entre condução e suspense graduado, ou, noutros termos, entre condução e tensão medida. No ato da leitura, o mesmo procedimento estabelecerá sutil e, sem contradições, estreita aproximação entre narrador, leitor e personagem.

A sutileza, nas situações dos enredos, acontece, então, como recurso de uma escrita. Todavia, observando-se melhor a estrutura, o que mais se percebe é que o grande artifício que se concretizou foi, ao fim e ao cabo, a aludida triangulação - narrador, leitor, personagem – que tem por base um texto de estrutura primorosa.

Fato também a pedir nota em *Boca do inferno* é a convivência entre o tempo cronológico e o psicológico, havendo no livro, contudo, uma sobreposição do segundo ao primeiro.

No conjunto das narrativas, a peculiaridade se vincula, em nossa apreensão, ao drama pessoal das personagens, cujo denso conteúdo, no entanto, teria suas origens na realidade circundante, no social de que as crianças de *Boca do inferno* fazem parte e na situação de vítimas maiores.

Deste social, porém, vai ocorrendo, acreditamos, um discreto e manipulado, distanciamento em alguns contos. Com o paulatino acréscimo da tensão psicológica nas narrativas, o personagem vai, na aparência, como que se apartando dele.

Doquinha, no quarto conto, em seu leito vive, segundo nossa leitura, esta situação. À medida que vai aprofundando a consciência da perda do amado, mais se enreda, presa ao quarto e, na extensão, mais alheia ao mundo. O aparente adeus ao social, assumido na reclusão, dá-se no mergulho em si e também na descoberta da capacidade de sofrer.

Em pensamento a nosso ver mais ajustado, ainda diríamos que o social de *Boca do inferno* estaria, no desenvolvimento das histórias, buscando a camuflagem. No contraponto deste seu gesto, avolumar-se-ia correlatamente a mencionada tensão psicológica, carregada de tragicidade.

Exemplo visceral do fato seria, a nosso ver, Trindade em seu último gesto. Pensá-lo, portanto, no refúgio da gruta faz-se sempre necessário. No esconderijo, está o personagem que quer se ocultar, fundir-se, mimetizar-se e não ser encontrado. No mesmo espaço, contudo, também indiretamente se refugiou e quer se negar o social que gera o pária e seu gesto homicida.

Na tensão do personagem entocado, camufla-se, noutros termos, a sociedade, temendo suas culpas. O gesto, porém, acaba sendo tiro pela culatra. Nele, o social se denuncia e se expõe.

Já em segunda instância, o mesmo psicológico que se registra (fusão de tempo psicológico e tensão) é, em consonância com o registro anterior, graduada descoincidência com as medidas temporais objetivas, mas sem que, de modo algum, isto faça o texto incorrer em ilogismo ou chegar, em sua instância última, à fuga total ao linear.

Nos contos, não há o mergulho no puro fluxo da interioridade[125]. No texto, o que certamente ocorre é o estabelecimento paulatino de uma consciência interiorizada nas personagens, que corresponde ao saldo de percepção do real com suas atrocidades e descaminhos.

Do mesmo elemento desencadeador emanaria, também e obviamente, o discurso da interiorização, a nosso ver o subsídio necessário para a fixação referida.

Ainda no contexto em evidência, do comentado tempo psicológico é preciso também que se afirme, apesar do

125 O aludido fluxo - também, segundo nossa compreensão, chamado "monólogo interior" - foi exemplarmente atingido por Proust, Svevo, Virgínia Woolf e, em nossa literatura, por Pedro Nava em episódios de *Baú de ossos*.

perigo de cair em certo lugar comum, que ele existe nas personagens como parceiro correlato de suas almas, que ele é tempo vivencial[126].

Sua concretude, na narrativa, prende-se ao grande intimismo que marca, página a página, todo o livro de Otto. Do mesmo intimismo, o que ainda se denuncia é que ele não se talha no gratuito ou, explicando-nos, na via romântica, sem que se queira ao último termo amesquinhar.

Em *Boca do inferno*, a sintonia não se faz devida àquele que queira romanticamente se contar, mostrar, na gratuita confissão, o seu íntimo ou seu modo de ser. A atmosfera dos contos é outra. Neles, intimismo (sem que haja o medo da redundância) é o cerne, é o exclusivo da interioridade, é o âmago.

O termo, no contexto do seu emprego, é o avesso de aspecto, de aparência exterior. Em nossa leitura, seria, por conseguinte, o oposto à dissimulação, pois, no extenso do escrito, é o que está no ânimo, o que não pode ser adulterado; é, no que se apreende e em palavra última, o essencial.

Com o fato, ao fim das respectivas histórias, Doquinha é – quase em teores da tragédia antiga – a viúva; Sílvia, a vítima do abuso sexual; Floriano, o assassino; Francisco, a cria sob posse.

Ainda para corroboração dos fatos, na arquitetura dos sete enredos as personagens não são redimidas. A elas não é permitido conhecer a epifania que contempla a vida em crise de personagens elaboradas por outros autores[127].

No auge do drama que estão vivendo, a situação como que se cristaliza, e o fato ocasionante da circunstância é o

---

126 Segundo Benedito Nunes, "a experiência da sucessão dos nossos estados internos leva-nos ao conceito de tempo psicológico ou de tempo vivido, também chamado de duração interior." P/ cf. busque-se: Nunes, Benedito. *O tempo na narrativa*. São Paulo: Ática, 1988, p. 18.

127 A alusão, na circunstância, é a Clarice Lispector, autora que tem seus textos celebrados pela crítica com a palavra "epifania", expressão que se emprega em avaliação interpretativa de certos acontecimentos das vidas de suas personagens.

fim da história que, ao longo de toda a sua duração (e isto em se tratando de todos os sete enredos), encontra, em nossa leitura, no grito de dor[128] (que, contraditoriamente, não foi emitido[129]) a sua imagem de síntese, a sua definição última.

Do cotidiano que circunda as personagens nada aflora, nada vem à tona, à superfície (mesmo que seja o mais prosaico dos fatos), com poder sequer de abrandar-lhes os sofrimentos, quanto mais de os extinguir.

Na vida das personagens em questão, não há acontecimento a se fazer presente, mesmo que da forma a mais inesperada ou sub-reptícia, com o intuito de tornar a existência menos pesada ou de a iluminar, em proximidade ou distância com o significado religioso que o verbo possa trazer.

Nos contos, em sua ordem estabelecida, o sofrimento não deixa de ser dor. A fatalidade traça para as personagens um caminho sem volta. O afeto, para a maioria delas, foi banido de seus mundos. Premidas em suas circunstâncias de vida, elas ignoram qualquer transcendência.

No interior das narrativas – que, em *Boca do inferno*, é o interior das personagens –, o autor trabalha com uma realidade material e psicológica em sua concretude, em sua intensa expressão. Nos sete contos, dor é de fato dor ou, no máximo da concessão porventura desviante, a vida da personagem.

Na circunstância, o que interessa é a fixação do que está contido (inseparavelmente contido) ou implicado na natureza dos seres, embora se saiba que o mesmo contido ou o mesmo implicado seja sofrimento.

---

128 Na circunstância, a expressão "grito de dor" de nosso texto remete-nos à imagem que constitui "O grito" ("The Scream") - de 1893 -, quadro de Edvard Munch (1863 a 1944), pintor norueguês impregnado do ideário expressionista, termo que, em nossa leitura, de algum modo ajuda a captar e a definir a densa carga dramática de *Boca do inferno*, atmosfera que é fruto da tensão, do sofrimento a que são submetidas suas personagens.

129 No episódio, remetemo-nos à distinção que explicitamos entre "silêncio" e "mutismo".

Deste modo, o que emana das palavras, na organização e lógica que elas assumem na luta por expressão, é, em *Boca do inferno*, imanência, significado em oposição mais que declarada ao transcendente ou, ainda nos repetindo, ao epifânico[130] .

Elencadas e expostas estas características e idiossincrasias, que pensamos de fato concernentes, quando se buscam os sentidos (alguns sentidos) de *Boca do inferno*, passamos à apresentação da leitura que se efetuou de cada um de seus sete contos, todos narrativas que veiculam tristes imagens da infância e da adolescência, cujo resgate de conteúdo em um outro plano se faz necessário.

130 Ainda quanto ao epifânico vale recorrer a texto de Olga de Sá, mais propriamente ao capítulo IV ("o conceito e o procedimento da epifania") de seu mestrado. P/ cf. busque-se: Sá, Olga de. *A escritura de Clarice Lispector*. Petrópolis: Vozes, 2000, pp. 129 a 165.

# IV

*Por que escrever*
*os contos terríveis (que nada!) de Boca do inferno?* [131]

Adolescência e infância são faixas etárias que se confundem no universo dos contos de *Boca do inferno*.

Observando-se critério mais contemporâneo de divisão por idades, constataremos, entretanto, que, com certeza, crianças, pré-adolescentes e adolescentes estão lá, fazem parte das narrativas, enquanto personagens[132].

Sob outro prisma, é preciso sempre dizer que, no livro, o critério de divisão e subdivisão da faixa etária não subtrai densidade às personagens em destaque. Nos sete enredos, elas intensamente são e estão.

Para Otto, contudo, majoritária seria a infância. Outras fases da vida devem-lhe tributo[133]. Vigiriam como sua extensão e poderiam comprometer o seu equilíbrio.

A adolescência, por exemplo, pode se apresentar como uma destas fases. Na vida de alguns, ela é "descontrole caótico", segundo o autor. O fato poderia arrastar a infância (curiosamente a infância e não a própria adolescência,

---

131 Epígrafe extraída de entrevista de Otto a Paulo Mendes Campos, datada de 01 de Abril de 1975. P/ cf. busque-se: Santos, Tatiana Longo dos (org.). *Três ottos por Otto Lara Resende*. São Paulo: Instituto Moreira Salles, 2002, p. 56.

132 As idades variam, nos enredos, entre os seis e os catorze anos. Gílson e Trindade estariam, salvo engano, nos extremos.

133 Volte-se à parte final do capítulo II deste ensaio.

conforme Otto) a um feixe de descaminhos[134].

Sem a adolescência, entretanto, isto já se faria possível. Em nosso texto, já afirmamos que a infância se expõe vulnerável. A lógica de *Boca do inferno* o confirma e exige divulgação do fato.

Mais perigoso para a infância do que a adolescência revela-se, todavia, o adulto. No livro, a ação nefasta do que deveria ser o protetor se faz concreta e bem exemplificada.

Crianças há, pela vez delas e entretanto, que, no mesmo livro, põem abaixo mitos românticos e surpreenderiam adultos, se expressassem para eles as vocações e tendências sem brilho matinal que trazem consigo.

Por isto, captar as imagens da infância e da adolescência em Otto traz sua exigência e faz-nos passar por um crivo. Ler as imagens, via *Boca do inferno*, sem atentar para estes fatos seria passar ao largo, seria tresler.

As referidas imagens, ainda e por sua vez, prendem-se muito ao título geral e, em segunda instância, aos títulos dos contos. Cada um deles acaba sendo uma imagem que pede um estudo de composição ou mais lenha para a fornalha.

Na leitura do livro, nossa metáfora comparativa se faz com o álbum de fotografias e, em desdobramento, com o álbum de família.

Lá, estariam os avós, os pais, os padrinhos, os primos, os irmãos, os amigos mais próximos, os bichos de estimação.

Também lá reencontraríamos os lugares da infância: a horta, o pomar, o moinho, o adro da igreja, o cemitério da cidadezinha, a casa, o quarto, o porão.

Pelas páginas se distribuiriam os brinquedos, a foto do primeiro amor e a da primeira comunhão, ritos de passagem[135] para alguns.

---

134 P/ cf. busque-se: Santos, Tatiana Longo dos (org.). *Três ottos por Otto Lara Resende*. São Paulo: Instituto Moreira Salles, 2002, p. 10.

135 Ritos de passagem da infância e da adolescência tornaram-se tema para livro sugestivo, organizado por Abramovich. P/ cf. busque-se: Abramovich, Fanny (org.). *Ritos de passagem de nossa infância e adolescência*. São Paulo: Summus editorial, 1985, 182 p.

No álbum, estaria a foto do menino, cuja morte tanto nos afetou e, ainda e principalmente, os sentimentos – substância que a tudo e todos envolve, anulando a impessoalidade e a distância.

As imagens que ora buscamos pedem o destaque (direto ou indireto) deste universo. Elas se vinculam com intensidade à família e à órbita do familiar e a um tempo com aparência de decorrido. Sobre elas, por conseguinte, estará o olho sugestionado de quem vê (lê).

A verdade da imagem também se prenderá à captação do seu oculto. As fotografias trazem planos de realidade que querem se revelar.

O primeiro deles, aquilo que diretamente se vê, com certeza será dos planos o mais superficial, o menos revelativo. Do álbum Otto destacou sete fotografias.

• • •

*__ Genitivo, genitivo - gritava o mestre, numa voz que misturava irritação e desinteresse.*

## "Filho de padre"

Nos teores da escrita de "Filho de padre", a mensagem essencial seria, em nossa apreensão, o parecer de que o pária é, em verdade última, fruto do contexto que o circunda, cabendo o termo e a classificação a Trindade, personagem da história em referência.

No contraponto, suas atitudes agressivas nada mais seriam que o reflexo da agressão recebida e em recebimento e, no caso de Trindade – a personagem central do primeiro conto de *Boca do inferno* – já por ao menos dez anos, período em que está sob a tutela de Pe. Couto, o padrinho que não demonstra nenhuma afabilidade para com o afilhado: "__ Ai do pai que poupa a vara a seu filho!" (p. 12).

Não bastassem as sovas frequentes, o universo de Trindade é também marcado por penoso trabalho e constante audição de frases (nominais na maioria das vezes e, por isto, de maior efeito) de teor muito depreciativo ( [...] "__ Cabeça-dura" (p. 09); [...] "__ Ô quadrúpede" (p. 10); [...] "__ Esse quadrúpede não tem alma de cristão" (p. 15); "__ Seu bronco" (p.17); "__ Está dormindo, animal? (p. 18);" [...]), que, obviamente, desestruturam toda e qualquer auto-estima. Também geram, em nossa leitura, uma profunda rejeição à figura paterna, no interior da personagem principal.

Não sem razão, como revide às agressões verbais e físicas, Trindade atira pedras nos meninos que o provocam (pp. 10 e 11) e dá "sintomáticos" pontapés no cão Peludo (p. 10), que pertence à casa paroquial e, em nossa leitura, a Pe. Couto.

Curiosamente, em nossa apropriação do conto, a aludida rejeição ainda se dá de algum modo, por conta de um excesso de paternidade que perpassa toda a narrativa. No suposto exagero, haveria, entretanto e em nosso entendimento, a negação das supostas qualidades que nossa cultura associa ao termo.

Torna-se presente, na história, a ideia de que Couto é "padrinho" (p. 15), "padre" (p. 09) e "pai" (p. 14) – palavras todas oriundas do *patre(m)* latino –, mas em situação que ultrapassa a via etimológica que, de certa maneira, em suas competências equiparou os vocábulos.

Se "paternidade", entretanto, é termo que, em hipótese, pressupõe a existência de pais e filhos e, na extensão, os elos entre as duas categorias, na órbita do conto a ausência de afeto é o que caracteriza a relação que, na rudeza de seus vínculos, dá a conhecer o seu estranhamento.

Couto seria ainda, nas proposições do texto, o pai que trata o filho natural como a um servo. Sua atitude lembra-nos, em dada medida, a de antigos senhores de escravos que submetiam e ignoravam os próprios filhos bastardos e mestiços[136], infelizmente caso não pouco comum em nosso meio e cultura.

O fato muito explicaria, em nossa hipótese, a atitude de Trindade de matar o pai e por meio de envenenamento, fato que, em sua essência, inverte a órbita em que sempre vivera o menino.

Na nova situação, animal é o pai, pois o veneno era para ratos. Na mais recente circunstância, sádico torna-se o menino que assiste à agonia do inimigo envenenado que, em momentos anteriores do relacionamento de ambos, fora quem fizera jus ao adjetivo, pois solicitava ao afilhado que cortasse a própria vara (p. 12) com que ele – o padrinho – lhe daria as surras.

Nessa perspectiva, pensamos que ainda se possa afirmar que o verdadeiro veneno é o conjunto de fatos e atitudes a que Trindade sempre estivera submetido[137].

O padre, de alguma maneira, seria o algoz de si mesmo, aquele que experimenta das próprias atitudes, vindo como que a se autodestruir.

Nossa hipótese negaria, assim, toda e qualquer conjectura quanto a uma predisposição natural do menino para a crueldade. A atitude do envenenamento é angustiada tentativa de dar fim aos pesados castigos que se recebiam; ela se põe como devolutiva para o amor não recebido.

---

136 Para Gilberto Freyre, o episódio da América Portuguesa e o século XIX – centúria de fixação de nossa nacionalidade – seriam cronologias nas quais os padres com os seus bastardos e mestiços muito e diretamente teriam colaborado para o aumento da eugenia do brasileiro, isto é, para o nosso aperfeiçoamento biológico ou genético. P/ cf. busque-se: Freyre, Gilberto. *Casa grande e senzala*. 42.ed. São Paulo: Record, 2003. A afirmação gilbertiana, entretanto, não abrandaria a rejeição de Trindade ao pai-padre. O conto não tem por base este intuito. Para o menino, o pároco é muito o senhor que surra e manda trabalhar, segundo nosso parecer.

137 Refletir, nas circunstâncias do enredo, sobre o significado do "veneno" leva-nos a pensar no conto "O tesouro", de Eça de Queirós, narrativa na qual veneno se torna também o próprio tesouro, em paralelo ao veneno interior que os três irmãos portam: a cobiça e a ambição. P/ cf. busque-se: Queirós, Eça de. *Contos*. Rio de Janeiro: Tecnoprint S.A., s/d, pp. 56 a 60.

Parte que ainda é de importância no mesmo contexto e que, por isto, pede também referência é a participação da comunidade na fixação do trauma que tanto marcará Trindade, levando-o à situação de homicida.

Na cidade interiorana em que o menino circula, o tema que o envolve é a exclusão. Para tanto, o termo que a meninada usa para o designar é "filho de padre", tratamento vexatório, depreciativo que, em verdade última, também fortemente impele Trindade à condição do pária, já referida.

A designação é o estigma que, quando proferido, faz aflorar o menino rejeitado pelo pai e pelos supostos irmãos e, em situação mais entranhada, a imagem da mãe que, segundo certos critérios, é a decaída, porque se relacionou maritalmente com um padre[138], aquele a quem, mais que a qualquer outro, estaria, em hipótese, interditado o sexual e, na progressão, proibida a paternidade.

No conto, a mãe sequer é nomeada. Dela se diz, entretanto, que era "uma pobre mulata bêbada vinda da fazenda do coronel Justiniano" (p. 14), que ela morrera quando Trindade tinha três anos (p. 14) e, por fim, que "muita beata sussurrou que era bem feito, que ela pagava", na morte, "os pecados que cometera" (ainda p. 14).

Deste modo, como não haveria Trindade de, com certa efusão, rejeitar o humilhante tratamento que lhe é dispensado? Ele pesa mais sobre a vítima do que se contivesse referência explícita à mãe. Se esta ocorresse, pensamos, a atitude do menino seria, ao menos em parte, adversa àquela que, entendemos, com alguma frequência, ele se permite expressar.

A menção à mãe levaria, acreditamos, a um revide em sua defesa, em solidariedade ao feminino. Já a referência ao pai, não. Ocorrendo, ela gera maior repúdio ao paterno,

138 A tradição popular atribui à mulher amante de padre (após a morte dela) a situação de "mula-sem-cabeça" e à criança - o fruto da chamada relação proibida - a condição de filho do "pecado", da "abjeção". P/ cf. busque-se: Houaiss, Antônio. *Dicionário Houaiss da língua portuguesa*. Rio de Janeiro: Objetiva, 2001, p. 1975. Nos dizeres do conto, Trindade é "filho do Tinhoso, obra do Cão" (p. 14).

sem se contar a paralela rejeição do menino a si, pois aquele pai-padre que o gerou ele não deseja.

O fato esclareceria, por exemplo e a nosso ver, as dificuldades do aluno com o Latim. A língua se vincula ao pai[139] que, na circunstância, assume nova função: a de professor, não deixando o mais recente cargo de também estar impregnado, no contexto, da mesma negatividade que há em pai, padre e padrinho.

O professor que é pai (in)diretamente revela ao forçado discípulo a causa do desconforto interior do menino, toca-lhe a ferida[140]. Trindade é, no conto, filho "de padre", cabendo à locução adjetiva, na correspondência sintática com a língua dos romanos e da Igreja, um caso[141] a cujo aprendizado o menino está, em sua situação psicológica, refratário, infenso, na direta proporção do não menos direto repúdio ao pai-professor.

Conduzido por toda esta gama de fatos e tensões, Trindade chega (só poderia chegar) à contundência do crime, gesto que, em nossa leitura, conteria a lógica da legítima defesa, uma vez que nos recusamos a esquecer da condenação (ou mesmo danação) a que fora previamente submetida a personagem central, isto é, muito antes (quatorze anos antes) de sua atitude extrema que é o homicídio.

No vértice do mesmo raciocínio, o parricídio é, em hipótese, o crime que se vê. O não visto, entretanto, em sua ocorrência vem camuflado e, por isto e em nosso entendimento, quer fugir a uma nomeação, embora em sua essência seja tão verídico quanto o primeiro.

---

139 Até o Concílio Vaticano II (década de 60 do século XX), a vinculação entre clero e Latim e padre e o ensino desta mesma língua foram bastante intensas.

140 O irônico (para não se dizer o mordaz e o triste) do "tocar a ferida" reside também no fato de que Pe. Couto com o seu toque (simbólico ou não) não possui o poder de curar, tal como com seu toque curava Cristo, o personagem a quem os sacerdotes, segundo os valores católicos, representariam na terra.

141 A locução adjetiva "de padre" corresponderia, no Latim, ao acusativo plural, caso que é uma expressão feita, uma exceção em si mesma.

Para este aspecto bastante contribui, a nosso ver, a já indicada duplicidade de sua autoria, mas particularmente o dissimulado da ocorrência. Devido ao fato, em evidente exposição ficam apenas o gesto homicida e o menino.

Na crueza da circunstância, o que cabe a Trindade é a fuga, é o acoitar-se em local que revela em seus significados o quanto, por exemplo, o personagem quer ser tragado, quer se plasmar à rocha, em tentativa de uma existência que, por si e em si, o afaste dos olhos dos outros, mas, ao mesmo tempo, dê conta em sua simbologia e em seu nome, que é boca do inferno[142], da situação em que o personagem vivera e na qual, em seu presente momento e interior, ele mais do que antes se encontra.

No aparente sepultamento está a busca de proteção. O menino, em seu metafórico mergulho na pedra, em seu ato e em paralelo quer também dar contas de um endurecimento interior que, no gesto homicida, ganha forma, se consolida. A chuva que o lava na travessia entre a casa paroquial e a gruta confronta-se com seu deserto interior, com sua momentânea ausência de caminho, com sua sequidão.

Ironicamente, confronta-se também com o padre que, morto, já não se regozija com os benefícios que a chácara – sua paixão – está recebendo da chuva, elemento que é, no contato com a terra que se deixa penetrar, fecundação presente, aumento de fertilidade e, provavelmente, mais flores para suas abelhas.

A loca para a qual Trindade resvala passa também a ser ventre, útero[143], no qual o menino reentra, para uma nova gestação de si mesmo[144] ou, em termo menos humanizado

---

142 No conto, a expressão está grafada com suas iniciais em maiúsculas: "Boca do Inferno", fato que talvez seja um indicativo da mencionada simbologia que paira sobre o lugar e sobre a própria designação.

143 Quanto à caverna, dela se diz que é o "arquétipo do útero materno", que ela "figura nos mitos de origem, de renascimento e de iniciação de numerosos povos". P/ cf. busque-se: Chevalier, Jean; Gheerbrant, Alain. *Dicionário de símbolos*. Coordenação de Carlos Sussekind; tradução de Vera da Costa e Silva e outros. Rio de Janeiro: José Olympio, 1989, p. 212.

144 O simbolismo do regresso ao ventre tem sempre uma valência cosmológica. É o mundo inteiro que, simbolicamente, regressa com o

porém de maior adequação, para um período de metamorfose ou de um sono que (se existir) será mineral; ou de um choro que (se ocorrer) se fará de umidades de gruta; ou de um suor que (se porejar) impregnará o granito.

Neste grau de significações, a gruta não deixa, em sua essência, de representar uma viagem do ser em sua morada e, na inversa proporção, viagem à morada do ser[145]. Um valor e outro na circunstância se confundem.

Em desdobramento de sentido, a mesma viagem ainda tomaria para si, ante a gruta e o entocado (ambos, de algum modo, face do mesmo drama) os tons da peregrinação, que é, em sua dinâmica, movimento de busca de certos lugares, na intensa busca de si mesmo[146].

A peregrinação do menino, entretanto, não é a um espaço que se pudesse caracterizar, nos teores do conto, com o adjetivo "santo". Na fusão entre refúgio e vítima, entre gruta e ser, Trindade, no caminho de outras representações literárias, também desceu ao inferno[147], local que se faz sentir no registro do nome que se dá à loca, como ainda à situação interior da personagem que está tomada pelo transtorno e pelo emparedamento em si (em acerto com traços de uma literatura intimista[148]) e na gruta.

---

neófito à noite cósmica, para ser criado de novo, regenerado. P/ cf. busque-se: Elíade, Mircea. *O sagrado e o profano. A essência das religiões*. Tradução de Rogério Fernandes. Lisboa: Edição "Livros do Brasil", s/d, p. 145.

145 Explorando a mesma dilemática, encontramos Marina Colasanti em um de seus escritos. P/ cf. busque-se: Colasanti, Marina. *A morada do ser*. Rio de Janeiro: Record, 2004, 123 p.

146 Registram os dicionários para a palavra "peregrinação" um sentido clássico de viagem por países estrangeiros, distantes, e um mais moderno, de viagem a um local sagrado. P/ cf. busque-se: Houaiss, Antônio. *Dicionário Houaiss de língua portuguesa*. Rio de Janeiro: Objetiva, 2001, p. 2185.

147 A mais celebrada de todas as descidas ao inferno é a de Dante, ciceroneado por Virgílio. A esta visita, que é composta de 24 cantos, deu-se o nome de "O inferno", primeira parte de *A divina comédia*. P/ cf. busque-se: Alighieri, Dante. *A divina comédia*. Tradução, prefácios e notas de Hernani Donato. São Paulo: Cultrix, s/d, pp. 23 a 123.

148 P/ cf. busque-se: Bosi, Alfredo. *História concisa da literatura brasi-*

A descida ao inferno não se dá, entretanto, nas prerrogativas da cultura grega em sua mitologia. Efetuá-la é sofrer. No plano simbólico, Trindade não encontra o Letes, um dos cinco rios do Hades, cujas águas bebem as sombras, fazendo-as esquecer do passado[149]. Em seu deslocamento no novo espaço, o menino está consigo[150].

Nos vieses da narrativa, não se dá tratos, assim, ao tradicional e mais aparente da peregrinação. No conto de Otto, aquele que a pratica avança pelo interno de si, marcado pela morte e o seu cometimento, marcado, de algum modo, pelo fogo interior que devorou o envenenado e, ainda, marcado por um quê de infecto que está no gesto, apesar do apelo social que o gera, e, ao mesmo tempo, está no ambiente, onde outros seres rastejam no escuro e pela umidade.

Antes de nosso texto, entretanto, a narrativa se fazia presente e as ilações, de algum modo, já se apresentavam. Por isto, em sua expressão, a propósito da gruta ela nos revelava que "Trindade podia descer até onde a laje se abria numa furna que a tradição considerava amaldiçoada, mal-assombrada. Escura e secreta Boca do Inferno". E mais: "o lugar" era "úmido e pouco acessível" (pp. 11 e 12).

Parte deste cenário, Trindade encontra-se, então, degredado e degradado. O já precário humano de sua existência decaiu um pouco mais. Emparedado, ele partilha de um grotesco de dupla significação.

O menino está na gruta que é grotta – termo italiano que emprestou sua raiz (*grot*) para grotesco[151], e o mesmo

---

*leira*. São Paulo: Cultrix, 1972, p. 473.

149 P/ cf. busque-se: Spalding, Tassilo Orpheu. *Dicionário da mitologia greco-latina*. Belo Horizonte: Itatiaia, 1965, p. 213.

150 Mesmo técnicas de análise especificamente modernas, como é a Psicanálise, mantêm ainda o padrão iniciático. O paciente é convidado a descer muito profundamente em si, a intensamente estar consigo, a reavivar o seu passado, a afrontar de novo os seus traumas. Do ponto de vista formal, esta operação perigosa assemelha-se às descidas iniciáticas aos infernos, entre os espectros e os monstros que se procurará combater.

151 A origem do termo "grotesco" nos é dada por Sodré. P/ cf. busque-

menino passa a conviver, por um tempo que não se precisa, com o repulsivo.

Próximo a ele, mas em sentido descendente, isto é, logo abaixo, estão seres que rastejam, que se deslocam pelo sombrio e pela umidade, fatos que levam a imaginação do leitor à figura de um personagem em transformação.

Vítima do externo, o menino chega a um interno (que é o seu e, ao mesmo tempo, o da gruta, conforme já se afirmou) para, aos poucos, ir se tornando, na remota sugestão do texto, um híbrido[152] que é a expressão do medo, como também expressão do repulsivo, pois o que o cerca é uma natureza que, no interior da loca, prospera de algum modo sobre a putrefação e o húmus, sobre a umidade e a ausência de luz.

Em meio a todo este conjunto de impressões, destaca-se, ainda e em nossa leitura, a imagem do menino que, na caverna[153], tem, em sua situação presente, o seu mundo[154] e, em paralelo, oferece-nos de algum modo refeito o mito platônico que, para se constituir, associou homem e caverna[155] e mais: prendendo o humano à gruta como se fora um escravo acorrentado, voltou os olhos até a parede de fundo, onde a ele só será permitido enxergar os reflexos e sombras das coisas e seres que estão fora[156].

---

se: Sodré, Muniz; Paiva, Raquel. *O império do grotesco*. Rio de Janeiro: Mauad, 2002, p. 28.

152 A sugestão do "híbrido" também nos é dada pelo texto da nota anterior. P/ cf. busque-se: Sodré, Muniz; Paiva, Raquel. *O império do grotesco*. Rio de Janeiro: Mauad, 2002, p. 27.

153 No episódio, tencionalmente ampliamos a dimensão do termo. De "loca" passamos a "caverna".

154 "Nas tradições iniciáticas gregas, *a caverna representa o mundo*" (o itálico é nosso). P/ cf. busque-se: Chevalier, Jean; Gheerbrant, Alain. *Dicionário de símbolos*. Coordenação de Carlos Sussekind; tradução de Vera da Costa e Silva e outros. Rio de Janeiro: José Olympio, 1989, p. 213.

155 O episódio que a tradição cultural do ocidente celebrizou como o "mito da caverna" foi exposto por Platão no livro VII da *República*.

156 P/ cf. busque-se: Abbagnano, Nicola. *Dicionário de filosofia*. Coordenação e revisão de Alfredo Bosi; tradução de Ivone Castilho Benedetti. São Paulo: Martins Fontes, 2003, p. 131.

A visão plena depende de um retorno à luz ou ao sol, expressão que, no ideário platônico, representa a filosofia[157], mas, no caso de Trindade, o interdito ou o mergulho em uma outra prisão que é feita por homens e para homens, pouco diferindo do espaço de pedra em que o menino se encontra, vivendo a dor de sua improvável revelação.

• • •

*"Não sei a quem este menino saiu - exclamava a mãe com desalento."*

## "Dois irmãos"

O segundo conto de *Boca do inferno* veicula temática já antiga em nossa literatura. Seu enredo trata da famosa adversidade entre irmãos, o que é repertório com singularidade presente em alguns universos.

Um deles é o bíblico que nos oferece, para diretamente exemplificar o fato, as histórias de "Caim e Abel" – episódio do início do *Gênesis*[158] –, "Esaú e Jacó" – narrativa também genesíaca[159] –, e "Pedro e Paulo" – convivência entre apóstolo e discípulo de Cristo, referência que, obviamente, os situa no *Novo testamento* e, nele, em situação mais específica no *Ato dos apóstolos*.

Outro episódio bíblico a que ainda se deve recorrer, quando nos remetemos à temática em questão, é ao de "José

157 "A filosofia é, em primeiro lugar, a saída da caverna e a observação das coisas reais e do princípio de sua vida e de sua *cognoscibilidade*" [grifo nosso]. P/ cf. busque-se: Abbagnano, Nicola. *Dicionário de filosofia*. Coordenação e revisão de Alfredo Bosi; tradução de Ivone Castilho Benedetti. São Paulo: Martins Fontes, 2003, p. 131.

158 P/ cf. busque-se: *Gn* 4, 1-16.

159 P/ cf. busque-se: *Gn* 27, 1-45.

do Egito", narrativa também do primeiro livro[160], em segunda instância conhecida pelo designativo geral "José e seus irmãos[161]", título que, por si, dá conta do diferencial entre este episódio e os anteriores, sem que se negue, entretanto, as proximidades, as semelhanças.

"Dois irmãos", por sua vez, dialoga com as histórias em referência, contando, porém, com sintonias próprias que, no processo de análise, obviamente não devem ser desprezadas.

Em seu enredo, para exemplo, faz-se presente a já conhecida rivalidade entre os irmãos – que, no caso, seriam Mário e Gílson – havendo na história, entretanto, intensa participação dos pais no desenvolvimento das divergências e no desenlace dos fatos.

Em verdade, o que se pode e se deve dizer é que, na narrativa em destaque, a divergência entre irmãos é, antes e acima de tudo, situação engendrada pelos pais que desejam os garotos idênticos em seus procedimentos ou, mais

---

160 P/ cf. busque-se: *Gn* 37, 1-36 / *Gn* 39, 1-23 / *Gn* 42, 1-38. O tema é, como se depreende, antigo. Continua, porém, presente em nossa literatura mais que contemporânea. P/ cf. busque-se: Hatoum, Milton. *Dois irmãos*. São Paulo: Companhia das Letras, 2003, 266 p.

161 Este é também o título de uma parte substancial da obra de Thomas Mann que, lendo Goëthe, percebeu que seu conterrâneo se ressentia de os autores do Gênesis haverem pouco se detido, em sua opinião, na narrativa sobre José, por ele (Goëthe) considerada uma das mais interessantes histórias da literatura universal. Solidário, então, ao mestre, Mann empreende vasta pesquisa sobre práticas e representações nas antigas sociedades pastoris do Oriente Médio; ao fato alia seu poder ficcional e elabora texto, focado no episódio de José e seus irmãos. Devido ao alentado número de páginas, a obra se transforma em saga e nos faz migrar da Palestina para o Egito e vice-versa, associando geografias às implicações humanas do ser e parecer, como também às peculiaridades de culturas nômades e sedentárias. Nestas dimensões, José não se apresenta como vítima inocente, sendo sua parte da culpa nos desentendimentos com os irmãos, fundadores futuros das tribos de Israel. P/ cf. busque-se: Mann, Thomas. *José e seus irmãos* (4 vol.). Tradução de Agenor Soares de Moura. Rio de Janeiro: Nova Fronteira, 1983.

propriamente, que Gílson – o segundo dos filhos da família - seja em suas ações igual a Mário, o mais velho, o qual, no conto, é pelo pai e pela mãe alçado à condição de modelo a ser imitado pelo menor[162].

Em elo com esta circunstância e antecedendo-a, tem-se o fato de que, na narrativa, Mário é a realização dos desejos dos pais e Gílson, a negação.

Haveria, devido a tal, a necessidade de sobre este se exercer policiamento ou, em alguns episódios, coação.

O termo, de forte significado, bem se coaduna às situações de conteúdo do enredo e, no conto, plenamente acontece.

Os pais, pela vez deles, vivem, em destaque, o papel da força coercitiva e, paralelamente, bem se enquadram nas especificações legais para os seus praticantes.

Segundo o Direito, a coação de fato ocorre, se a tentativa de imposição é exercida por gente que tenha poder provável e confesso sobre a suposta vítima, o que é o caso dos pais no conto que ora se analisa.

A real sintonia da história é, então, a dos pais todo o tempo em discordância com Gílson, cujo estereótipo passa a ser o do filho-problema que, cedendo ao acúmulo das pressões, sucumbe, vítima do meio, vítima dos familiares e, em dado momento, vítima até mesmo do irmão morto.

Gílson, no desenvolvimento da história, introjeta a ideia de que é o torto, de que representa o fruto podre que precisa de ser extirpado. A mutilação que ele impõe a si, ao fim da narrativa, seria o gesto concreto a que por palavras, trejeitos e atitudes foi sendo induzido paulatinamente. Em sua realidade, o menino, antes de seu ato final, já fora, noutras acepções, por diversas vezes mutilado, desintegrado.

A mutilação a que primeiramente nos referimos, por isto, não é, nas dimensões do conto, a literal e a mais imediata, que acabou acontecendo. Como se Gílson fosse um

162 No início da narrativa, Mário teria oito anos e Gílson, seis e meio.

arbusto, ela se dá como poda diária que quer informar o seu modo de ser, não havendo, acreditamos, na metáfora vegetal[163] inadequação para com o drama da personagem.

Muito tocados por valores religiosos, o pai e a mãe do menino buscam o seu enquadramento neste universo que, na cidade em que habitam, se faz, pelas indicações do conto, intenso para todos.

A órbita religiosa presente é a católica, sendo, porém, nas prerrogativas do enredo, opressiva a sua densidade.

A dinâmica deste espírito seria ainda, nos teores da mesma referência, conservadora. Ela veicula uma imagem de Deus que se realiza na vigilância e no castigo.

É ainda, em nossa apreensão, a imagem de uma divindade que mais estaria para as marcas do Deus do *Velho testamento*, o senhor dos exércitos (*Números*[164]), força que estaria por trás das grandes manifestações da natureza.

Em termos equivalentes, a mesma imagem ainda estaria se pondo em função de atmosfera religiosa mais antiga, com resquícios que poderiam ser os de um Barroco distante, mas fundidos ao cotidiano de vida das personagens do conto.

Devido a tal, na ilação do clima religioso evocado,

---

163 Na contrapartida, os pais, em suas podas, metaforicamente praticariam sádica jardinagem. Noutro patamar, mas em devida correlação, lembramos que no "Sermão do Espírito Santo", de 1657, Vieira faz apologia do trabalho missionário e ainda oferece suas impressões sobre o índio, chamando-o de inconstante, de ser volúvel que, com frequência, precisa de ter sua memória reavivada quanto aos ensinamentos da fé. Por assim o ser na opinião do mesmo Vieira, o fato o levou a elaborar, no sermão referido, a imagem da estátua de murta para designar o índio convertido que, tal como o arbusto moldado, também precisa de persistentes aparas para manter-se na forma desejada. Sua oposição é a estátua de mármore (que, quando pronta, não sofre naturais alterações), usada para designar o europeu e, no repasse para o conto, usada por nós para representar Mário. A Gílson caberia a primeira, em simulada interpretação das opiniões de seus pais. Quanto ao sermão busque-se: Pécora, Alcir (org.). *Antônio Vieira. Sermões*. Tomo I. São Paulo: Hedra, 2001, pp. 415 a 440.

164 Quarto livro do *Pentateuco*; quarto do *Velho testamento* e também quarto da *Bíblia*.

também sugerimos que, no conteúdo conduzido, há possíveis reflexos de uma parábola. Seria ela, a nosso ver, "O filho pródigo"[165], a princípio ocorrência familiar, também envolvendo pais e filhos.

O diálogo, porém, existiria, segundo nossa leitura, se pensássemos "Dois irmãos" como certa inversão do escrito anteriormente citado.

Assim e por isto, se o texto evangélico conta com um pai que é capaz de compreender e respeitar opiniões e práticas do filho mais moço, no enredo de Otto os genitores se portam de maneira oposta, com direitos, sem medo de exageros, de vida e morte sobre o rebento que, todo o tempo, deve fazer-se de tolo ante a expressão "vontade própria".

Se na parábola o pai ama incondicionalmente aos dois filhos, no conto há o endeusamento do mais velho que, em sua verdade, é a imagem e semelhança dos pais.

Se no episódio bíblico o pai pede ao primeiro que compreenda e receba aquele que se ausentara, em "Dois irmãos" o mais novo tem por signo a exclusão, tal como se dá com Trindade em "Filho de padre".

Se na história articulada por Cristo o pai reintegra em sua plenitude o filho retornado, no segundo texto de *Boca do inferno* Gílson tem sua inteireza ou integridade destruída, tal como já se afirmou com o termo "desintegrado"[166].

Religião e família estariam representando, assim e no caso em questão, a autoridade. Entre seus preceitos não se admitiria a dissidência, cuja imagem fizeram Gílson incorporar, como também a do bode expiatório, ao qual se acusa e persegue, na expectativa de que medos e fantasmas próprios sejam exorcizados.

Nesta linha de argumentação, cabe lembrar que, mais ao fim do conto, Gílson já tem até parte com o diabo (p. 38), segundo sua família.

A associação feita, entretanto, não é privilégio do menino. Outros personagens de *Boca do inferno* a sofrem, sabemos.

165 *Lc* 15, 11-32

166 Momento anterior da análise deste conto.

Seria, para exemplo e como se viu, também o caso de Trindade, no conto anterior. Será com frequência a situação de Gílson, em "Dois irmãos".

A mesma associação traz à baila tema correlato. O menino, nas situações de tormenta, também desce aos infernos e, na circunstância, presentifica-se um paradoxo: Gílson é o endemonhado que desce à sua morada para sofrer.

Nesta particularidade, a taxação se desvenda. O seu sentido traduz-se na falta de aceitação e acolhimento da qual o menino é vítima. Sob este prisma, porém, diabo, no sentido lato, são os outros.

O sentimento da culpa, entretanto, está depositado em Gílson. As pressões fazem-no deturpar a auto-imagem. Acompanha a criança o moto-contínuo de que é o pecador, de que seria, portanto, o diabo ou, quando pouco, alguém muito próximo a ele.

Em meio a esta desestabilização, as crises de angústia se sucedem e Gílson se vê por elas atingido, em lugares e situações diversas.

Episódio bem exemplificador da afirmação consubstancia-se em Gílson a caminho do confessionário (pp. 29, 30 e 31). Dirigindo-se, em sua indução interior, como que ao patíbulo, transido ele se arrasta, flagelado pelo incutido masoquismo da culpa.

"Tinha idéia de que nunca fizera outra coisa, passava o tempo cometendo pecado por omissão, palavras e obras" (p. 31), reflete sua alma, revelada pelo narrador que a ela está jungido.

À ocasião, inferno é o interior alcançado, mas também a própria igreja que, em sua representação física e espiritual, não consegue ao menino comunicar o mínimo apaziguamento. No ato, Deus não se traduz em amor. Ele se faz na força da cobrança e no engano.

Descida suprema ao inferno, entretanto, será o episódio da mutilação que viveu mudança de cenário. Infernal, então, passou a ser o banheiro da casa, local em que a vida, por instantes, esteve por um fio e, depois, perdeu-se nele.

Segundo o texto, trancado "Gílson abriu a navalha" e golpeou-se (p.38), tentando, em nossa leitura, com um gesto de martírio extinguir martírio maior.

Sua atitude, por isto, é sacrificial e, na ação, Gílson é executante e vítima imolada, em macabro ritual de suprema autodesvalorização e dor.

O repertório familiar, contudo, não se inaugura na taxação que aproxima e confraterniza Gílson e o diabo. Este procedimento é um extremo que ousamos tratar. Vai antecedê-lo o episódio das frases de efeito moralizante que, por tudo e por nada, ressoam pela casa e na interioridade de Gílson.

Intimidando, constrangendo, elas se fazem ouvir: "Os santos varões do Senhor nasceram e viveram para louvar e amar a Deus" (p. 30); "Tem de ser obediente para o Menino Jesus viver com você" (p. 32); "Os justos queriam ver a Justiça brilhando: os pecadores no inferno, os santos nos céus" (p. 37).

Outra ideia com certa ênfase também conduzida (ainda para supostos fins educativos) seria a presentificada no símbolo da boa árvore associada ao bom fruto (pp. 23 e 27), significado lembrado e professado pelos pais que, naturalmente, se fazem associar à imagem da árvore modelo à qual o filho deve imitar, buscando ser bom fruto, enquanto a idade não lhe permite ser boa árvore.

A metáfora em sua origem, entretanto, é evangélica. Segundo a tradição cristã, foi proferida por Jesus pouco após o "Sermão das bem-aventuranças". Na liturgia católica, faz-se texto utilizado nas celebrações da vigésima terceira semana do tempo comum. Registraram-na Lucas e Mateus[167].

O primeiro evangelista dela, em seu literal, no entanto, nos diz: "Não há árvore boa que dê fruto mau, e nem árvore má que dê fruto bom; com efeito, uma árvore é conhecida por seu próprio fruto; não se colhem figos de espinheiros, nem se vindimam uvas de sarças"[168].

---

167 *Lc* 6, 43-44 e *Mt* 7, 16-18.

168 Se bem observarmos, nos evangelhos as imagens que nos remetem ao mundo agrícola e ao vegetal são várias, havendo por isto,

Bom fruto, entretanto e conforme a narrativa, é Mário, o filho sobre quem o narrador faz a primeira afirmação, mas dele também dizendo que era um "conformado", que "não reparava em nada" (p. 24), ao contrário de Gílson que até se atrevera a achar que domingo fosse dia de diversão e não apenas de catecismo.

Assim, com a morte de Mário, as pressões sobre o segundo mais se intensificam. Gílson passa a ser o mais velho e, por isto, suas responsabilidades aumentam. Tornar-se Mário deveria ser, no entendimento dos pais, sua meta, apesar da longa distância moral entre ambos, segundo os mesmos progenitores.

A metamorfose, porém, não ocorre. O segundo filho não se torna o primogênito falecido. O absoluto da culpa em seu íntimo, contudo, passa a o dominar. A alta tensão psicológica o leva à autodestruição que é a verdade contida no mutilar-se, atitude indicativa da derrota sem retorno, da dura solidão, da aquiescência às pressões dos familiares.

O gesto em si representa um rompimento com a virilidade, como também, em íntima correlação, um adeus à vontade própria. Inutilizado o falo, apaga-se a "potência geradora", função que, em sua verdade, está acima do poder sexual[169] que, em Gílson (que, ao início do conto, tem seis anos e, ao seu fim, é pré-adolescente) apenas começava a aflorar.

Ante o texto de Otto e em sequência ao de nossa análise, ainda sugerimos que "Dois irmãos" também está em diálogo (mesmo que não estreito, mas sempre diálogo) com

---

em nossa apreensão, alguma propriedade no que aventamos em nosso oitavo parágrafo, uma vez que o universo bíblico (e, por conseguinte, o evangélico) se faz sentir, como se vê, em "Dois irmãos".

169 A ideia de que "potência geradora" é circunstância acima de "poder sexual" se encontra no *Dicionário de símbolos*, no verbete "falo". P/ cf. busque-se: Chevalier, Jean; Gheerbrant, Alain. *Dicionário de símbolos*. Coordenação de Carlos Sussekind; tradução de Vera da Costa e Silva e outros. Rio de Janeiro: José Olympio, 1989, p. 418.

"No tempo da camisolinha" (de Mário de Andrade), conto que é a última composição da antologia *Contos novos*[170], cuja publicação data de 1947, episódio que equidista dois anos da morte do autor que Otto tanto admirava.

A intertextualidade, porém, se daria, a nosso ver, se pensássemos para além de um plano de escrita. As personagens centrais das narrativas em destaque se irmanam nas perdas que vão sofrendo, mas não nos resultados a que elas conduzem.

O personagem de Mário, para exemplo, perde os cabelos cacheados e simbolicamente vai para outro patamar da meninice, perde (dá) a estrela e cresce em generosidade e despreendimento, livrando-se ao menos em parte do suposto "egoísmo" da infância.

Já com Gílson, como se depreende, o encaminhamento parece ser outro. Ele perde na própria carne e não é reconhecido. Ele sangra pelos outros, mas o crescimento interior não ocorre, a ele não se faz permitido, na mesma potência ou da culpa ou do suposto "despreendimento" de seu gesto.

Ao fim, o mutilado se torna a expressão suprema da perda. Nele, não há mais opinião, nem desejo, menos ainda qualquer laivo de independência. Se Trindade matou a outrem, Gílson o que fez foi matar a si próprio. Assumiu a culpa irremediável e a definitiva condição de pária, no seio da religiosa e exemplar família.

Em nosso julgamento, ao paterno em "Dois irmãos" faltou, por sua vez, a percepção da lógica do *Esaú e Jacó*[171]

170 P/ cf. busque-se: Andrade, Mário de. *Contos novos*. Belo Horizonte: Villa Rica, 1990, pp. 106 a 113.

171 P/ cf. busque-se: Assis, Machado. *Obra completa* (vol. I). Rio de Janeiro: Nova Aguillar, 1979, pp. 945 a 1093. O celebrado enredo de seres em rivalidade inspirou Machado de Assis para o romance de 1904. *Esaú e Jacó* é narrativa na qual a mordaz ironia do autor levou-o, em nossa leitura, a querer aumentar a já conhecida oposição entre duas personalidades, batizando seus protagonistas de Pedro e Paulo. O fato acaba por criar, em nossa apreciação, uma cadeia no tempo: Pedro e Paulo do romance estariam para o apóstolo e o discípulo de Cristo que, por sua vez, estariam para Esaú e Jacó e, assim, recuada e consecutivamente.

de Machado de Assis: seres idênticos em suas condutas é situação impossível. A natureza torna cada indivíduo único. Mesmo os gerados no mesmo ventre e ao mesmo tempo são diferentes. Nada se repete e nesse fato reside a grandeza.

• • •

*Floriano era o centro do mundo e a montanha, lá longe, irisada, existia imóvel e calma, para ser vis – ta, limitava a cidade, dividia o mundo, no lado de cá, conhecido, e no lado de lá, inexplorado, cheio de apelos e acenos.*

## "O porão"

O enredo do terceiro conto de *Boca do inferno* remete-nos ao conteúdo de um dia da vida de Floriano, a personagem central da história.

A cronologia a que se refere, no entanto, não é qualquer dia ou mais um dia da existência do protagonista. Floriano se encontra às vésperas do seu décimo segundo aniversário, episódio, conforme certa perspectiva, de conturbação ou, noutra linguagem, de pico de um inferno astral que, na aparência do personagem, não se denuncia.

No tempo que se precisa, acompanhar o menino é percebê-lo um ser, em verdade, dissimulado, e seria ainda diagnosticar um personagem, cujos movimentos interiores, de quando em quando, se exteriorizam, dando a conhecer um Floriano que, apesar da pouca idade, se revela capaz de e competente para maldades que fariam, ironia à parte, inveja a muitos sádicos, perversos e homicidas de idades mais avançadas.

Acompanhar Floriano é percebê-lo, em sua verdade interior, como a explícita negação do mito romântico que desvincula a criança da capacidade para o mal. Na personagem, o menino que se expressa mostra-se, parece-nos, frio e oportunista, mostra-se uma conduta que trai a confiança que bichos e humanos lhe entregam, apesar de não conseguirmos medir até que ponto isto seja premeditado.

As galinhas, o cão, os gatos, os pássaros e Rudá – o amigo – são vítimas de sua maldade, cuja essência varia entre a desocupação do praticante e a falta de vigilância dos adultos, entre a inabilidade do menino para os brinquedos e a ausência do pai, entre a perversidade e o sadismo em nuances e sutilezas que mais confundem do que distinguem uma ação da outra, entre a gratuidade dos atos e a evolução paulatina da crueldade, até se chegar ao homicídio.

Floriano, por isto, estaria, a princípio, em divergência com os personagens que o antecederam e que enfocamos. Nas histórias de Trindade e Gílson, encontraríamos, segundo nossa leitura, no social que os circunda, no social de que eles são frutos, visíveis justificativas para os atos extremos que eles protagonizam.

No aparente da situação, Floriano não seria, em seu contexto, um pária. Dele o narrador não nos dá notícia de que tivesse sido maltratado, de que não recebesse atenção. Sua mãe, ao que tudo indica, dona de casa zelosa, cuida do bem-estar do filho e lhe prepara os doces do aniversário. Ele tem casa, quintal, bichos e brinquedos. Nestes últimos, entretanto, não se concentra. O Floriano da cena é alguém que, em jeito de inocência e calma, perambula pela horta, pela rua, pelo porão da casa.

Denuncia-o, porém e a nosso ver, este mesmo perambular, esta falta de um paradeiro, que pode estar ligada, em um plano maior, à ausência do pai da qual e de quem, no texto, se faz única e rapidíssima menção: "mas Floriano fingiu não ouvir. Ele não tinha pai, jamais ganharia uma serra de fazer roda" (p. 45).

Denuncia-o, ainda, um forte nervosismo que quer aflorar, o qual com esforço se retém nas dificuldades do personagem de conviver consigo e até com objetos: "a chave do parafuso escapava; beliscava-lhe a mão, sobrevinha-lhe uma impaciência irritada, um desejo de vingar-se, de distribuir pontapés contra tudo, de quebrar a bicicleta com fúria, machucar-se, sangrar" (p. 43).

Por outro lado, Floriano não é alguém que se liberte de si pela palavra. O personagem passa todo o enredo engolfado na própria tensão. Esta se faz a sua medida e, noutro plano, o limite do narrador. Em Floriano, muito se concretiza o jogo entre o ser e o parecer.

Esta situação, entretanto, é o que o leva, em nossa leitura, a expressar-se na crueldade, alarmando-se, por isto, o leitor. O negativo sentimento, todavia, acaba por ser o canal que a ele se viabiliza, o meio para extravasar a tensão que o envolve.

Pelo que depreendemos, Floriano não desenvolveu formas positivas de compensação e – o pior de tudo – sua anomalia, que se expressou em uma vertiginosa progressão neste um dia de sua existência focalizado, não foi percebida por qualquer adulto de suas relações.

O menino Floriano vive, por conta das induções de sua interioridade, um conflito, uma contradição com o exterior que o cerca. A placidez, a calma de cidade pequena e interiorana, a claridade ("nada especialmente tinha a fazer na rua, que de tão luminosa emitia quase imperceptíveis vibrações", p. 11) são antônimos de sua paisagem interior, da qual emana a pulsão da morte.

Noutros termos, do mesmo Floriano também se pode dizer que é alguém do limiar[172], alguém do meio-fio, que situação que bem o define (em vista de nossos interesses) está na posição em que o encontramos aguardando Rudá: sentado "no meio-fio, de lado, à espera" (p. 44).

---

172 A situação do personagem em seu limiar é muito da proposição de autores intimistas, mas o uso da imagem é bem mais recuado. Encontramo-la, por exemplo, em Camões. P/ cf. busque-se verso de estrofe do Canto VIII de *Os lusíadas*: "onde a terra acaba e o mar começa". Em nossa leitura, as personagens em seus limiares e o próprio limite seriam como que espaços dialéticos, onde habitam contradições, como a conservação e a mudança, a transformação e a permanência.

Em correlacionamento, também afirmamos que o quase insondável de sua personalidade seria bem o efeito, bem o resultado da pedra que, por ele atirada, alveja o poste de concreto: um "eco metálico", mas que, revelativamente, morre(u) "dentro do ar metálico" (p. 45).

Ante o fato, o menino mais uma vez se define em junção de fatores e no jogo interior de seus antagonismos. Nele, está presente uma força desconhecida que deseja a liberação, mas como um grito que, contraditoriamente, se quer sufocar. Nele, está o esforço de conter-se e, em movimento simultâneo, o apelo da agressividade que quer a exteriorização.

O mencionado paradoxo encontraria, por sua vez, a tradução no eco. Floriano é o som que reverbera, sem barreira, morrendo, entretanto, em si. Na extensão dos fatos, a solidão do menino se mostra, como também a ideia de que ele seria um encarcerado nos limites do seu corpo e de sua mórbida personalidade.

Corpo ainda será o próprio poste que, com sua estrutura – a carapaça espessa e forte – dará as noções da barreira entre a aparência e o convulsionado mundo interior, entre exterioridade e interioridade, um par de contrários que teima em buscar um ao outro.

Desejando ainda mais nos aproximar da personagem, sobre ela também sugerimos que algo de sua existência (talvez muito) se coaduna com o conteúdo de dito popular que põe exterioridade e interioridade em divergência: "por fora, bela viola - por dentro, pão bolorento".

A divergência a que se alude, por sua vez, é bem o limiar a que já nos referimos. Além dela, está o mundo do invisível, dos elementos ocultos[173] que, no caso de Floriano, são

173 Ao mencionarmos "o mundo invisível, dos elementos ocultos", lembramo-nos da estética romântica e de sua importância quando se pensa o assunto em questão, pois com ela é que, pela primeira vez e para exemplo, intensamente se destacou o sonho e seus meandros, o sonho e a possibilidade de afloramento do inconsciente, o mundo do além, em termos nossos, ou o lado noturno, ligado, por sua vez, ao noturno da alma e do espírito, sentimentos e termos que, de algum modo, nos fazem recordar Floriano e suas

negativos e têm força para ultrapassar a barreira e vir para o aquém, para a exterioridade, onde se dá a conhecer como negação da vida.

Floriano vive e traz em si o conflito entre o médico e o monstro[174], sem a metamorfose pela qual passa o Dr. Henri Jekyll. Em sua interioridade está o espaço das trevas, está o esconderijo da aberração.

Devido a estas circunstâncias, sintomaticamente a geografia que mais o atrai é o porão da casa, espaço que, de algum modo, tornou-se extensão, prolongamento do seu lado interior, do seu recôndito, da sua intimidade macabra.

A junção entre interioridade de Floriano e o porão garantem, noutros termos, uma personificação e, ainda, propriedade a um diagnóstico simultâneo de grotesco que também se faz na lógica que une espaço e modo de ser.

No porão, para nossa justificativa, Floriano violentamente matara gatinhos recém-nascidos, jogando-os contra a parede. No recinto, também dera fim ao gato Veludo, com extremos de crueldade. Tempos após, com sossego ao porão ele ainda voltava, para livrar-se dos restos do gato que, na putrefação, teimava em incomodar (p. 50).

Avançando, dizemos que, por conta desta correlação, o porão está, no conto, como personagem, como organismo vivo, tanto mais amedrontante quanto mais se mergulhar em suas trevas.

O texto transforma o espaço em vivente. A adjetivação que lhe atribui e a percepção que lhe empresta tão próprias do humano estabelecem a correlação: "o porão era escuro, claro e frio, ignorava a manhã", "uma brisa velha e leve, que não vinha lá de fora, circulava ali dentro, cheirando a chão batido, a madeira e a coisa abandonada" (p. 43 – olfato).

E mais: "o porão desconhecia o curso do sol, tinha uma

---

atitudes, apesar de Otto Lara Resende não pertencer, como se sabe, ao movimento inicialmente referido.

174 P/ cf. busque-se: *O médico e o monstro*, de Robert Louis Stevenson (1850 a 1894). O médico é Henri Jekyll e o monstro, Edward Hyde.

luz, ou antes, tinha uma penumbra que era própria, sua o dia inteiro e, à noite, a treva o entulhava como coisa compacta, empilhada" (p. 43 – visão).

O porão ainda é personagem por seu poder de dissimulação, traço de caráter que, em nossa análise, atribuímos ao menino: "nas duas vezes que" (Floriano) "lá estivera, tentando desvendá-lo, de vela acesa na mão, o porão se encolhia, deixava de respirar o seu hálito, calava todos os seus pequenos estalidos familiares, não existia" (p. 43 – todos os sentidos).

O porão em sua parte mais retirada, em seu ponto mais recôndito –sintomaticamente o mais afastado da luz - é também altar, pedra sacrificial, lugar de imolação de algumas das vítimas do menino, entre elas Rudá que, em nossa leitura, foi a principal, porque acontecimento que consolidou Floriano no extremo da condição de homicida.

Na parte mais entranhada, o porão é ainda cemitério. Nesta função, seria também o fim absoluto das pulsões dos vitimados, como ainda, segundo as induções do conto, um símbolo do aspecto mais destrutível que perecível da existência.

Com estas características, o porão também seria, em paralelo e figurativamente, a parte da psique onde se guardam lembranças inconfessáveis, cóleras mudas, ímpetos contidos, fatos, coisas escabrosas que não se deseja divulgar; seria ainda o alter-ego ou um aspecto do próprio ego doente de Floriano.

No acervo das sugestões que carrega, é ainda contradição à casa[175] e, mais especificamente à cozinha, o compartimento que lhe fica, em conformidade com as indicações da narrativa, logo acima.

---

175 O episódio em seu conteúdo nos remete a Gaston Bachelard (1884 a 1962) e ao seu *A poética do espaço*, livro de 1957, que trata da "casa" na sua relação com o humano que é o que lhe confere razão de ser e sentidos. Por conta desta assertiva, o seu capítulo I traz por título a sentença: "A casa. Do porão ao sótão. O sentido da cabana", conteúdo intrinsecamente ligado ao que desenvolvemos, tal como o capítulo IX - "A dialética do exterior e do interior". P/ cf. busque-se: Pessanha, José Américo Motta (org. e sel. de textos). *Gaston Bachelard. Os pensadores*. São Paulo: Abril cultural, 1978, pp. 181 a 354.

No porão, estariam os odores da decomposição; acima, os cheiros dos alimentos, os sabores da vida feitos por mãos femininas e maternas que ingênua e descuidadamente chamam o filho e o seu amigo para o café da tarde, sem nada desconfiar do que sob seus pés acabara de acontecer.

Como se percebe, a situação de divergência, anteriormente citada, sofre um alargamento. O porão estaria em discordância com a casa e o exterior, tal como o personagem está em divergência com objetos e seres.

Na deixa das perspectivas que se abriram neste acompanhar da interioridade de Floriano, ainda afirmamos que, na escrita de Otto, o porão faz-se tema recorrente. Em verdade, o autor lança mão dele, mesmo quando sai da órbita literária, mesmo quando, tamanho o seu envolvimento com o assunto, fala de si.

"Dentro de mim há um porão cheio de ratos, baratas, aranhas, morcegos, escuro, melancolia e solidão", diz-nos o autor na primeira epígrafe de nosso ensaio, ajudando-nos a respaldar nossa afirmação.

Noutra contingência, tem-se ainda a dizer que o porão a que nos remete o autor mineiro sempre está tocado de algo nefasto, de teores que assustam, que amedrontam, quando vêm à tona.

Ao mesmo tempo e noutra perspectiva, surge indagação sobre os limites de um mundo (interioridade) e de outro (exterioridade), ocorre pergunta sobre a linha tênue que os separa, contraditoriamente (já que "linha tênue") nem sempre representada, em sua simbologia, por marcos discretos.

Voltando-se ao conto, seria, para exemplo, a imagem da montanha, ao início da narrativa que, nas palavras do narrador, separa dois mundos, pondo-se soberana entre eles: "e a *montanha*, lá longe, irisada, existia, imóvel e calma, para ser vista, limitava a cidade, dividia o mundo no lado de *cá*, conhecido, e no lado de *lá*, inexplorado, cheio de apelos e acenos" [p. 41; grifos nossos].

Personificada, viva, a montanha está, como se constata, entre dois mundos, e suas representações carregam o seu quê de ingênuo (a princípio, ingênuo; depois, irônico) e lacunar: "cá" e "lá", advérbios também animados que, por isto, ultrapassam a equivalência geográfica e contêm um algo mais de que, observando Floriano, na véspera de seu aniversário, somos testemunhas.

A montanha representaria, então (e como de outro modo já se disse), um limiar, termo e semântica que, em nosso texto, representam Floriano. Para ela, deste modo e entretanto, estariam se revertendo fragmentos de uma humanidade, mas de humanidade que julgamos corrompida, pois a fonte desta personificação seria o menino psicopata.

Estabelecida a ligação – que se faz entre essências minerais e as singularidades de Floriano – mais que a montanha, passa a se revelar no texto o menino e sua barreira interior, o menino e a rocha que está nele.

Em desdobramento, trata-se ainda do menino e seu enigma que pede decifração. Dele – do enigma – já se sabe, entretanto, que é peso e dureza, circunstância denunciada na irmandade com a pedra.

Neste viés de apreensão, de algum modo retomamos o que já se disse sobre Trindade e a caverna, sobre Trindade e a rocha, sobre Trindade e a simbólica lápide do seu sepultamento.

Por assim o ser, o transporte das associações também se faz, promovendo para este episódio, no entanto, a ligação entre a montanha e o porão, imagem que guarda antecedentes: Floriano e a montanha (fato já anunciado) e a montanha e a caverna.

O segundo antecedente, por sua vez, para se realizar, dá à montanha outro repertório. Por isto, em seu novo contexto, ela não mais se associa ao solar, à revelação. Ela trabalha para esconder. A caverna está nela, mas não se põe visível.

De lado, ficam, assim, as crenças que fazem da montanha um ponto de conexão com o divino[176]. Para os olhos

176 P/ cf. busque-se: Chevalier, Jean; Gheerbrant, Alain. *Dicionário de símbolos*. Coordenação de Carlos Sussekind; tradução de Vera da Costa e Silva e outros. Rio de Janeiro: José Olympio, 1989, pp. 616 a 619.

que a buscam, o foco não é mais o cume – a proximidade com o céu. A massa compacta – o volume – passou a espaço de interesse, com a provável reentrância que, na rocha estará dissimulada.

Na mais recente preocupação, aquele que olha a montanha baixa os olhos de seu topo.

Montanha, devido a tal, deixa de encontrar na palavra "elevação" um de seus fortes sinônimos.

O espaço em referência afasta-se ainda das noções de estabilidade, de imutabilidade que corriqueiramente exprimiria.

Suas novas possibilidades impregnam-se dos sentidos de caverna e porão já apresentados. Floriano, por sua vez, extensivamente cresce, avoluma-se, na direta medida de sua parceira de comparação, mas, em verdade, na grandeza das medidas do mal que o contém.

• • •

*... "Doquinha, chorando, estava*
*só, abandonada na casa quieta,*
*imóvel como um bicho*
*que interrompe a respiração."*

## "Namorado morto"

O quarto conto de *Boca do inferno* traz em seu enredo a história de uma grande paixão, vivida pela protagonista Doquinha, menina de apenas onze anos que, por contingência do destino, se vê apartada do menino a quem ama – Mário, de doze anos –, por conta da morte precoce que o leva.

A paixão, contudo, é vivida apenas por Doquinha. Segundo o conto, Mário dela não participou, sequer chegou a ter notícia, fato que à mesma paixão oferece, na figura da menina, um aspecto inteiramente platônico o qual, de modo algum, em nada diminui da intensidade do sentimento que a protagonista carrega, vivencia.

Antes da morte de Mário, saiba-se também, a menina não vive sem sofrimento a unilateralidade ou o amor não correspondido, já que nem mesmo conhecido.

A falta de percepção do menino a incomoda e, em seu universo de amor solitário, ela se insurge contra o amado que não se faz presente, que não se torna corpo tangível e alma a ser admirada, apesar de ter nome, endereço, pais, de ser colega de escola e turma.

Na distância entre ambos, Doquinha diagnosticava o quanto Mário trazia do pai dele, figura que chefiava uma família tida por diferente (pois viera de fora e de lugar maior) e orgulhosa, enquanto ele – o pai – fazia as vezes do distante, do "imperturbável" (p. 60).

Nos momentos de raiva e angústia, gerados na fruição deste amor sem reciprocidade, Mário passava a ser para Doquinha o "burro", aquele que "a intimidava, a condenava àquele segredo vibrante, que doía segurar" (p. 58).

A mesma raiva, entretanto, Doquinha a sabia fruto do seu sentir que, se fazendo intenso, baralhava a órbita de um mundo e se alimentava do indefinido, do desconcerto e da contradição: "sentia necessidade de olhá-lo, sorrateiramente observava, quantas vezes acabava absorta, se esquecia de onde estava, já nem via o próprio Mário, via além, uma visão confusa, sem contornos, desconfortável e boa" (p. 57).

À mesma situação aliava-se ainda o medo de se denunciar, preocupação que mais se agravava, quando, em sala de aula, ouvira a professora dizer que "os olhos falam mais que a boca" (p. 57).

A sentença lhe calara fundo e a fizera cair em temor. O sentimento em sua potência levara-a a perceber que havia formas de contar-se, que nem tudo o que se denunciava envolvia a intermediação da palavra reveladora.

Sob o comando do amor, o corpo falava e se movia, tocado por vibrações. O sentimento em sua espessura fizera

Doquinha descobrir uma parcela de sua humanidade que ainda não se pronunciara.

Revelando a circunstância, fala o narrador em sintonia com a personagem e, sem contradição, com o movimento do mundo interior da menina: "tinha raiva de si mesma, de estar sofrendo tanto, doía dentro dela, apertava o peito, crivado de pontadas fininhas, verdadeiras" (p. 57).

O mesmo amor seria ainda a descoberta da individualidade, de um potencial de querer e sentir intenso que a menina trouxera inconsciente até ali. O sentimento – aquele sentimento – era, ao mesmo tempo, a medida de sua força, a de sua solidão[177] e rito de passagem entre a menina e a mocinha que começava a despontar.

Em meio ao transe de amor de Doquinha, morre Mário e é esta imagem – a do menino no caixão – a que inicia a narrativa, acompanhada de um rastreamento da intimidade da menina (toda voltada para o seu sentir) que o narrador vai, aos poucos, desvendando, mas na percepção e intensidade da personagem e não mais.

Contado o amor, o que sobra para Doquinha é o mergulho no luto – estado de grande frustração – que se inicia tão intenso ("Doquinha virou-se de costas, esticou as pernas, o corpo se distendeu rígido" – p. 66), quanto o sentimento que se vivera, porém com um agravante: ao amor minimamente se encobrira, se disfarçara; ao luto, não.

Como ocultar lágrimas que vêm aos borbotões e uma tristeza que se quer estampada? Em solidão é que, mais uma vez, tudo haveria de se resolver, sob a perplexidade de adultos que, sempre alheios à complexidade do universo interior infantil ("__Essa menina anda cheia de dengos!", p. 59), ignoram a intensidade que crianças podem atingir, e atingem, na vivência de seus sentimentos.

---

177 "Podia conversar qualquer assunto com Madalena, era sua melhor amiga, *mas aquela pergunta não*" [p. 58; grifo nosso]. O amor vivido sem a correspondência também traria alguma revelação, a nosso ver, da sua como que inutilidade, fato que, de modo algum, diminui o sério e o intenso do sentir de Doquinha.

Em função desta verdade, ao fim do conto, o desejo da menina é morrer ("__ Mamãe – repetiu Doquinha. __ Eu quero morrer", p. 66), tentativa de aplacar a devorante dor de não mais poder contemplar o objeto do desejo[178], mas, na extensão, inconsciente caminho para rever o mesmo amado, cuja partida tanto pesava.

A mãe, pela primeira vez de fato percebendo o tempo interior da filha, sai à cata do remédio que levará a menina para o sono – estado que, de alguma forma, é morte simbólica, mas para que Doquinha, em nossa leitura, se reencontre consigo e dê (possa dar) o segundo passo da travessia de seu luto.

Em meio à situação, o paradoxo estaria em Mário que mal fora o primeiro amor e já estava sendo a primeira grande perda, cuja elaboração terá, de algum modo, de coincidir com o nascimento de uma nova Doquinha que, no seu presente, se digladia entre dois sentimentos contrários – amor e morte.

O nascimento a que se alude, entretanto, tem sua gestação apenas começada. A narrativa se condensa no primeiro dia de uma fase de luto, cuja duração não haveria como precisar.

Tal como o amor, o luto é sentimento e o fato o desobriga da íntegra obediência aos aspectos do linear. Seria outra a lógica do sentimento ou outra a lógica daquele que o vive. A vida da Doquinha enlutada, porém ainda enamorada, o comprova.

Em verdade, participar da vida da menina choca. O conhecimento do amor que ela vive nos chega pelo caminho do luto. Muito sensibilizada com a morte do amado, a menina reflete e o narrador, de dentro da personagem para fora, relata a história de amor de Doquinha, entremeada à violência da perda.

Com e na personagem, o mesmo narrador faz-nos viver uma intensidade amorosa, carregada das idiossincrasias

---

178 Esta definição de luto pertence à Psicanálise. P/ cf. busque-se: Laplanche, J.; Pontalis, J. B. *Vocabulário da Psicanálise*. 5.ed. Tradução de Pedro Tamen. Lisboa: Moraes Editores, 1970, p. 364.

próprias, mas também já se deixando tocar do amargo da perda que se anuncia, em Doquinha, como dor intensa, que semelha um estrangulamento.

A imagem de Mário no caixão passa a ser a medida do confinamento de Doquinha. Ela também está presa a um caixão; viva, entretanto, e sentindo.

O féretro de Mário baixando à terra será a representação do mergulho da menina em si. O luto equivale a Doquinha encerrada no próprio corpo e, em verdade última, no medo de sofrer a perda do objeto de seu amor.

No luto, a menina se encontra deitada sobre a "racha da pedra da memória"[179] e do sentimento. A noite do velório do menino morto está sendo a noite interior de Doquinha. Ao longo da narrativa, a personagem vai afundando no negro desta noite que faz analogia com a interioridade dilacerada e também com a "caverna" em "Filho de padre".

Ante o luto de Doquinha, palavras se agrupam no poder de revelação. Presa, encarcerada, sepultada está a menina. À medida que ela mergulha no luto, também enjaulada. "Doquinha, chorando, estava só, abandonada na casa quieta, imóvel, como um bicho que interrompe a respiração" (p. 65), expressa o texto, dando conta da solidão da menina e mesmo de uma metamorfose.

Na dor, Doquinha passou a ser bicho e está presa, em sua jaula. As literais barras de ferro, entretanto, não aparecem. Força mais poderosa, contudo, a retém.

O luto, tal como o amor, acaba sendo a vez e a hora da menina[180]. A impressão que se tem é a de que ela nunca fora tão intensamente antes. A situação de bicho ao fato ajuda. A analogia, por isto, informa (e não sem razão de ser) que

179 A expressão entre aspas é parte do último verso do poema "Homem deitado", do livro *Corpo* (1985), de Carlos Drummond de Andrade. Em nossa leitura, no poema a "racha da pedra da memória" pode ser a melancolia. P/ cf. busque-se: Andrade, Carlos Drummond de. *Corpo*. 5.ed. São Paulo: Record, 1985, p. 23.

180 "A hora e a vez da menina" faria interlocução com o título "A hora e a vez de Augusto Matraga", último conto de *Sagarana*, de João Guimarães Rosa.

o estado da personagem equivale ao do bicho, quando este interrompe a respiração.

Devido ao fato, noutra perspectiva, o que se teria é o estado de alerta da personagem. Apesar de "abandonada" e "imóvel", a menina, em verdade espreita e tem na jaula as dimensões do mundo.

Em projeção labiríntica, no drama de Doquinha apresenta-se a jaula dentro da jaula, indo-se do maior para o menor, indo-se, por conseguinte, das estruturas concretas para as indefinidas do ser. Noutra perspectiva, a equivalência da imagem seria a ideia do conter e, ao mesmo tempo, a do estar contido, próprias do paradoxo da existência.

Jaulas, desta forma, em função de Doquinha seriam o mundo, a cidadezinha, a casa, o quarto, a cama, a própria menina sobre o leito e, por fim, o interior da personagem, com o seu labirinto.

Invertendo-se o plano, o interior de Doquinha, por sua vez, contém a mesma progressão, chega ao mundo e passa a ser o seu resumo, mas sempre na força e na sintonia da tragédia.

Sob a última perspectiva, Mário está contido em Doquinha que se torna uma expressão da morte do menino. Deste modo, com Mário também morre a menina, ao menos a menina que o amara, sem nada dizer.

A Doquinha que sobreviveu, enquanto sofre o luto, já está em transição. Na morte, Mário (e não o amor) acaba sendo o já anunciado rito de passagem. A menina, entretanto, em sua dor revela que o desejara rito em uma outra acepção.

Em seu luto e no choro, Doquinha está sendo também Danaide[181] que, com a dor, enche o seu tonel, símbolo da fartura de seu sofrimento, do quanto morte e vida se imbricam, se confundem.

Na situação, solidário a ela está o quarto, tal como a menina personificado na dor e no desequilíbrio a que sentimentos tão diversos, sendo vividos ao mesmo tempo,

181 P/ cf. busque-se: Guimarães, Ruth. *Dicionário de mitologia grega*. São Paulo: Cultrix, 1995, pp. 118 e 119.

podem levar: "tudo estava parado, enorme; o guarda-roupa em frente pesava, vigiava. Os quadros na parede, a penteadeira, a banqueta, todas as coisas calavam seu segredo" (p.65).

• • •

*O Cristo de bronze pregado numa cruz de mármore, os companheiros, a vida, o mundo – tudo era absurdo e longe. O arrulhar dos pombos no beiral da igreja queria dizer - lhe qualquer coisa que ele não entendia..*

## "Três pares de patins"

No capítulo III de nosso ensaio, afirmamos que o quinto conto na edição de 1994 de *Boca do inferno* é escrito bem mais apurado na forma, no poder de expressão que o suposto mesmo escrito da década de 50.

Na leitura, novamente tivemos nosso interesse desperto para a ideia de que estilo é modo que se altera, de que, em Otto, a mesma alteração se entrelaça à busca de um escrever de fluência e concisão que se alcança por prática que privilegia o núcleo em detrimento dos determinantes, o essencial no confronto com o adjetivo retirado.

Nesse exercício, se faz a nova escrita de "Três pares de patins", conto cuja intensidade, tal como as anteriores, merece averiguação.

Atendo-nos, deste modo, à ideia, para desencadear a análise, primeiramente lembramos que, sob a religiosidade que se desprende de torres e sinos, na cidade interiorana, adolescentes se divertem com seus patins no adro da igreja[182].

182 "No amplo adro de ladrilhos, o ruído surdo, enrolado, parecia sepultar-se na terra. Os risos e os gritos da meninada embaraçavam-se na copa da grande magnólia, iam aninhar-se nas torres da igreja. Os sinos de bronze ruminavam, bojudos e quietos, o próprio silêncio. De quando em quando, a queda de algum patinador provocava uma algazarra que aumentava a confusão" (p. 69).

Aproximando-se o fim da tarde, três deles – Francisco, Betinho e Débora (estes dois últimos, irmãos) – se distanciam deste primeiro espaço e se encaminham para o cemitério da localidade, para nele, saltado o muro, realizar intercurso sexual, fato, cujos componentes e, por conseguinte, sentidos pedem interpretação.

Preocupados, assim, com esta sintonia e buscando estabelecer ilações, primeiramente nos ativemos ao fato de Débora e Betinho serem irmãos, relacionamento biológico e familiar ao qual, entre seus membros, têm-se por proibidas as práticas sexuais, aspecto que, entretanto, pouco incomoda o menino.

Betinho, em seus gestos e atitudes, é prova viva de insensibilidade. Nos teores do conto, ele não vê a irmã como corpo interditado. Seu mundo interior não trabalha com as ideias e costumes de condenação ao incesto, circunstância que se agrava com sua presença e procedimento naturalmente agressivos[183] e que, em dada medida, ausenta de sentido a atmosfera religiosa que tudo impregna na cidade, pois ele passa alheio a ela.

Francisco, pela vez dele, é oposição a este comportamento, não conseguindo, entretanto, barrar a tensão do sexual que acaba por dominar, levando-o a ser o terceiro de um triângulo que, em alguma hipótese, poderia ser amoroso, não estivesse envolvido em parte com as vestimentas do incesto e, em paralelo, com o sentimento de, inicialmente, desaviso, depois, perplexidade e culpa que domina a ele – Francisco – e a Débora no durante e pós-ato.

Regido por este histórico de negatividades, o triângulo passa a ser trindade decaída, amarrada por sinistro segredo, carregado por anjos que já não podem voar.

Não bastasse, ainda agravando um pouco mais a circunstância faz-se sentir fortemente o macabro da associação entre sexualidade e cemitério, espaço que, em nossa cultura, o tempo todo se liga ao registro da morte, sentimento, cremos, em descompasso com o primeiro valor enquanto

183 "Betinho deslizava na pista e *maldosamente abalroava* os menos hábeis" [p. 69; grifo nosso].

expressão de vida e prazer, já não estivesse, no caso em questão, conspurcado.

De algum modo, no cemitério o sexual seria, então, como que cópula com a morte, vindo o fato a marcar o intercurso com um quê de grotesco, pois estende a sexualidade para o além, porque a associa a corpo destituído de movimento e expressão, querer e entrega ou, em única palavra, humanidade.

Não sem razão de ser, Débora, tomada de perplexidade e culpa, como que inerte, jaz (e este é o verbo) atrás do túmulo[184], após a ação brusca do irmão e a posse a que ele a submetera.

Aterrada, em nossa leitura, pelo espanto e a ideia do pecado (que é interior) e pela presença de acusadoras estátuas de anjos e santos[185] (que estão no exterior), Débora é um pouco a morte[186] e o sexo que se faz com ela, necrofilia.

Aumentando a tensão do já tétrico leito nupcial, há a noite (quase noite[187]) que, aos poucos, foi envolvendo tudo e todos, tornando mais intenso o peso da morte que, na associação com o noturno, torna-se em seus sentidos e significados mais potente.

À macabra parceria une-se, ainda e por sua vez, a noite interior de Francisco e Débora, já caracterizada, mas da qual, em redundância, ainda dizemos que é mescla de recolhimento e mal-estar, de constrangimento e desolação, estado físico e espiritual contrário ao de Betinho.

Estranhamente, este vértice do triângulo é todo leveza

184 "O cordão, as medalhas. Débora permanecia *passiva*, como vítima prestes a ser imolada. Estendendo-se de comprido, Francisco sentiu o corpo morno que *inerme* o recebia" [p. 72; grifos nossos]; "Débora tentou cobrir o rosto, mas deixou à mostra *os olhos que eram cinzentos, quase opacos*" [p. 72; grifo nosso].

185 "Recortado contra o céu escuro, Débora via parte do anjo de bronze, o braço erguido como sinal de advertência" (p. 72). "Em cima do mausoléu, imóvel, o anjo dava adeus num gesto de bronze" (p. 72).

186 "Francisco apertou a mão de Débora, *que era fria*, e estendeu a vista de um lado e de outro, até lá em cima, no ossário e na parede de engavetar defuntos" (pp. 70 e 71) [grifo nosso].

187 "Hora indecisa entre a noite e o dia. No silêncio tudo tinha parado" (p. 71).

e indiferença, para não se dizer frieza, sem não antes haver passado por comportamento irreverente e desregramento. Noutros termos, dele também está ausente qualquer dor existencial, fato antecedido, em nossa apropriação, por completa perda de inocência.

Personagem, porém, mais alarmante que Betinho acaba por ser, no enredo, o cemitério. Nos teores do conto, ele enfaticamente se comunica com aquele que à sua frente passa, lembrando-lhe, em "letras de ferro, bordadas", ao alto do seu portão, que o homem é pó e ao pó ele há de tornar: *Memento, homo, quia pulvis es et in pulverem reverteris* (p. 70), sentença que, para os valores presentes, soaria macabra, como também anacrônica.

Em paralelo, entretanto, a mesma sentença nos remete a uma situação cultural mais antiga, em nosso entendimento com ecos de um barroco distante[188], muito preocupado (se penso a cultura barroca) em, de algum modo, pedagogicamente lembrar aos fiéis o perigo da vaidade[189], os enganos das aparências e gestos, o fim igualitário de todos na morte e em Deus.

Ligado à mesma situação, encontra-se o fato de que os mesmos dizeres são os proferidos na abertura do período da quaresma, tempo litúrgico que, de certa forma e em nossa leitura, acaba por ampliar a significação do cemitério[190].

Assim, na morte que nele reside, de fato ecoa a voz da advertência. O homem deve se converter, sentido primeiro da quaresma que o prepara para a vida plena da páscoa.

---

188 Em nossa leitura, no conto há um quê de cidade histórica mineira. No enredo, dá-se conta de torre e sinos (p. 69), de igreja quieta e solene (p. 71), de escadas de pedra-sabão (p. 69), de um cemitério que se comunica com a cidade, porque está no seu centro (p.70) e devido ao letreiro de seu portão (p. 70), fatos que lembram um pouco da paisagem urbana de São João Del Rei, espaço de um barroco do século XVIII que o autor permitiu, acreditamos, que vazasse para o seu escrito.

189 As belas letras praticadas no episódio bem atestam o informe.

190 Encontramos a aludida ampliação em sermões que Vieira escreveu a propósito da Quarta-feira de Cinza e também da Morte. P/ cf. busque-se: Pécora, Alcir (org. e apresentação). *A arte de morrer*. São Paulo: Nova Alexandria, 1994.

Ele deve ainda afastar-se de tudo o que, segundo certos valores, o corrompe, sendo a sexualidade pervertida seguramente um destes elementos.

Sob outro prisma, também se poderia dizer, acreditamos, que os meninos – tanto em sua aparente pureza (Débora e Francisco), quanto em sua expressa maldade (Betinho) –, representam o carnaval que, saltando o muro, invadiu a quaresma e a violou, em ritual (aparente ritual) de sexualidade que, em tese, ao lugar e ao significado estava proibido.

De algum modo, na figura dos meninos o profano invade o sagrado e o sentido primeiro de carnaval – que é período em que a "carne vale"[191] ou em que os desejos sexuais se fazem intensos – se põe sobre a quaresma e sobre a morte se dilata.

Nesta condução, Betinho é como que o demônio condutor e Francisco e Débora, anjos decaídos que, por um momento, abandonaram a luz, apesar da vigilância que, provou-se, pode ser burlada.

"No jardim, um padre passeava para lá e para cá, um livro aberto nas mãos" comunica o texto, reforçando a ideia anterior, mas também lembrando certa displicência da parte daqueles que, em hipótese, teriam a incumbência do estar alerta, para inibir as inconsequências.

Ao fim, símbolo ainda é o par de patins abandonado[192], cuja razão está em nos remeter à perda por que passa Francisco e Débora e à ideia de mudança que os acompanha. Se, antes, eram leveza, empolgado deslizar sobre rodas, fugaz e lírico equilíbrio, ao fim de tudo são, no amargo e enlutado regresso à casa[193], a imagem da culpa - nova consciência de si em si mesmos.

---

191 Houaiss, Antônio. *Dicionário Houaiss da língua portuguesa*. Rio de Janeiro: Objetiva, 2001, p. 629.

192 "Francisco deixou cair os patins e não voltou para apanhá-los. Fugia como se o cemitério tivesse se despenhado rua abaixo, no seu encalço" (p. 73).

193 Francisco: "Limpou com insistência os pés no capacho, como se chegasse da chuva. Enxugou seu rosto molhado na fralda da camisa (p. 73). Débora: "Na ponta dos pés como uma boneca, Débora abriu a porta e, lá dentro, ouviu a voz " (p. 73).

•••



*Cresceu sem contar para ninguém.*

## "O segredo"

Todos os fatos do penúltimo conto de *Boca do inferno* gravitam em torno de Sílvia, vítima, a nosso ver, de circunstâncias familiares que a ela impõem a situação de pária, condição a qual, no livro de Otto, não se adstringe, como sabemos, apenas à menina do enredo que se passa a analisar.

A pequena se apresenta, na aludida circunstância de vítima, como o fruto de uma estrutura na qual o pai e a mãe não assumiram funções sociais e, por extensão, emotivas, culturalmente sugeridas para os seus respectivos papéis.

Na órbita de suas referências, Sílvia será, então, a órfã de pais vivos, o que se lhe revela mais daninho que a orfandade literal, pois o que com ela se passa é que estará, segundo nossa leitura, o tempo todo em busca dos vínculos do pertencimento a uma família e do quanto isso significa cumplicidade e confiança, segurança e proteção.

De algum modo, na estrutura de significados do conto em questão, o pai ausente faz-se como que o responsável pelos abusos sexuais que a menina sofre. Em paralelo, seria também (e, curiosamente, em sua ausência) simbólico coautor dos mesmos abusos.

Pelo que depreendemos, a última violência a que submetem Sílvia contém o pai em sua base de causa. Abusar da menina foi meio de o estuprador[194], em nossa apreen-

194 Ao raciocínio chegamos, por conta da insistência do violador em expressar admiração ao fato de Sílvia ser filha de Palhares, nome que passa a fazer parte do enredo, graças a ele. Quanto ao malfeitor, seu designativo é (em nossa leitura, ironicamente) "Souzinha", diminutivo que, no contexto em que é aplicado, causa certo esgar e asco que se associa à rejeição ao sujeito que se põe a encarar a menina, a engoli-la com os olhos: "__ Ora, quem havia de dizer.

são, atingir-lhe o pai, oculto e distante do seu passado na evasão.

Sua ausência na vida de Sílvia triste e nefastamente compromete, em nosso entendimento, a todos os outros contatos com o masculino que se põem no histórico de vida da garota.

Em sua ausência, o pai – na vida de Sílvia – torna ausente de positividade os homens (no conto, todos são adultos) que surgiram no caminho da menina. Em sua ausência, o pai aos outros não ensina que Sílvia é criança e filha, devendo ser tratada como tal.

Na vida da menina, o pai ausente transforma-se também em um ideal que nos soa como refúgio em que a criança agredida se ampara, de algum modo ausentando-se de si mesma.

Ainda juntando correlações, ousamos dizer que Sílvia se torna, em seu complexo de vida, Electra[195] não do pai, mas de um fantasma, de uma ideia ou lembrança, com quem a menina teima em manter vínculos, cuja razão estaria totalmente relacionada ao anseio de salvação de uma individualidade já muito fragilizada.

O mesmo pai em sua ausência seria ainda a impossibilidade do novo na vida de Sílvia, regarantida a cada abuso, fato, por sua vez e em nossa leitura, preso ao legado de solidão da personagem que, privada da voz da denúncia ("para que falar nessa tolice de criança? – atalhou a avó" p. 83)[196],

---

A filha do Palhares, que eu vi menina de colo. Uma mulherzinha, e que bonita!"; "Sílvia andava com a pasta colada ao peito. Sem saber por quê, sentia vergonha de estar ao lado daquele homem" (p. 87).

195 Citamos a personagem do teatro grego que, recuperada por Freud, tornou-se o tradicional exemplo e o designativo da filha que, no seu complexo de paixão pelo pai, precisa superá-lo (superar-se), para encontrar um companheiro fora das relações familiares. P/ cf. busque-se: Chevalier, Jean; Gheerbrant, Alain. *Dicionário de símbolos*. Coordenação de Carlos Sussekind; tradução de Vera da Costa e Silva e outros. Rio de Janeiro: José Olympio, 1989, p. 359.

196 "__ Só isso? - fez ela" (a mãe), "quando Sílvia parou de falar"; "__ Inventar uma coisa tão feia, Silvinha, disse a avó" (p. 83).

mais se apega à ideia de um pai a quem a menina platonicamente ama, em justificada tentativa de minimamente resistir no amor a si mesma[197].

A cada abuso, entretanto, esta possibilidade se faz mais remota. A cada sujeição, o amor a si torna-se, de alguma forma, maior auto-rejeição e emparedamento, maior impossibilidade de comunicação e convivência pacífica com o mundo e os outros.

"A menina ia para o colégio, não era boa aluna, nem conseguia fazer amizades. Vivia com as mãos sujas de tinta, roía as unhas, às vezes dava mostras de mau gênio, até de perversidade para com os colegas" (p. 79), assevera o texto, reafirmando, em paralelo, a conclusão anterior.

A sexualidade que se impõe à menina seria ainda o referendamento da ideia de impossibilidade de que, no futuro, ela ame como mulher. O pai ausente e, na extensão, os violadores[198] garantem a negativa perpetuidade da menina amedrontada que, tiranicamente, afastaram de qualquer idílio para com a vida.

Noutra assertiva, o mesmo pai – já que palha(res) – expõe, na correlação com o revestimento vegetal e as ideias ligadas a este, sua fragilidade constitutiva, sua propensão a facilmente se desfazer, a facilidade de incendiar e sumir.

A negatividade do paterno, entretanto, não será a única na vida de Sílvia. Como já se disse, em nossa leitura a mãe também a atraiçoa, negando-lhe credibilidade[199] e proteção.

Apesar de mãe, a personagem curiosamente não nomeada tem somente a si como centro de seu universo. Dela

197 No episódio, valemo-nos do significado de "amor platônico", trazendo-o, entretanto, para a órbita da nossa reflexão.

198 Em "O segredo" confirma-se o parecer de que, quase sempre, os violadores são pessoas da convivência da vítima. No caso em destaque, Artur é, para exemplo, o primo que mora com a família; Souzinha é o amigo do pai da menina que a conheceu, quando ela era ainda criança de colo.

199 Caso flagrante é o episódio em que Sílvia é tocada por Artur.

também dizemos que, infelizmente e o tempo todo, o que faz é, em casa, viver um teatro egótico de *mater dolorosa*[200].

Ela, obviamente, está muito preocupada em pintar a si como a sofredora, como a única vitimada com o abandono do marido[201], a quem para a menina ela não perde a oportunidade de denegrir. “Nem ao menos sabia por onde andava aquele porcaria” (p. 79), diz o narrador, expressando o pensamento da personagem acerca do marido que se fora.

A mãe, nesta sintonia, chega a ser cruel com Sílvia no episódio em que pica, diante da filha, o retrato do marido que desaparecera[202], sabendo, contudo, que era a única fotografia do pai que a menina possuía.

No caso em referência, a mãe tem sempre em vista suas necessidades; as da filha, contudo, sendo materiais ou não são preteridas.

Ainda segundo nossa apreensão, em Sílvia, que é filha, a mãe, que fora a mulher, se vinga do marido que se ausenta. A menina torna-se, acreditamos, a lembrança daquele que marca a mãe com o estigma de mulher abandonada, situação social pouco confortável, pois, de algum modo, em nossa leitura a deixa presa à imagem de mulher de todos e de ninguém.

Na figura da mãe e nas atitudes dela, repete-se de alguma maneira um pouco da história de Medeia[203]. Vítima

---

200 O sexto conto de *As pompas do mundo*, de 1975, é "Mater dolorosa", narrativa que, em nossa apreensão, dialoga com "O segredo", em situação, portanto, de intratextualidade. Em ambos os contos, as mães se põem em situação de vítimas, transformando, entretanto, os filhos em vítimas maiores.

201 "__ É triste a vida de uma mulher largada - disse a mãe" (p.78); "__ Que fazer, vida de mulher largada é isto - disse ela" (p. 85); "o que seria dela, mulher abandonada, o que seria de Sílvia, que vida, que inferno!" (p. 83); "A mãe sempre se lamuriava, a propósito de tudo. Que era uma mulher largada, pior do que viúva" (p. 79).

202 "__ Seu pai é um traste muito à toa - disse a mãe para Sílvia, quando lhe tirou das mãos um retratinho dele e o picou em pedaços" (p. 79).

203 Medeia é a mãe que mata os filhos, quando se vê abandonada pelo companheiro. P/ cf. busque-se: Guimarães, Ruth. *Dicionário da mitologia grega*. São Paulo: Cultrix, 1993, p. 211. No mesmo livro, veja-se o verbete "Jasão", nas pp. 193, 194 e 195.

maior, no entanto, seria, como já se disse, Sílvia. Ela se torna o sacrifício executado por duas ausências que, em suas condições de vitimárias, lhe tiram a voz, inibem-na quanto a falar de si, quanto a colocar-se, o que seria, por sua vez, modo que a menina assume de anular-se, desumanização[204], apesar dos olhos tão ativos e das lágrimas tão correntes.

Em meio a esta situação, diz o texto que a menina "cresceu sem contar para ninguém" (p. 90), fato que, obrigatória e obviamente, nos remete ao título, pois segredo significa o que não se conta. Seria ainda o que está e fica "secreto", vocábulo do qual deriva, por abrandamento de suas consoantes *c* e *t*[205], o núcleo da expressão que dá título ao escrito.

Em sua verdade, Sílvia se apresenta, então, como o segredo dentro de si. Ele – o segredo – simbolicamente também cresce com ela, tal como a floresta, só que de medos, que a menina traz em seu nome[206].

Noutra perspectiva, o mesmo segredo seria, por sua vez, a floresta que Sílvia carrega. E a mesma floresta recolhida revela-se também muito sintomática.

Em nossa leitura, a floresta interior estará significando "o outro" acolhido em nosso íntimo. Entretanto, por ser o outro que não se quer visível, certamente se trata de selva escura, de enraizamento profundo, de silêncio que só faz revelar dissonâncias.

Nesta linha de raciocínio, a floresta interior de Sílvia representaria, como se deduz, o inconsciente e, ao mesmo tempo, o medo das revelações que dele possam brotar: fantasias, projeções, recalques, grande ansiedade quanto ao que está por vir.

• • •

---

204 "__ Papai - *ganiu Sílvia*, sem saber por quê" [p. 89; grifo nosso].

205 *C* migraria para *g* e *t*, para *d*, surgindo o vocábulo "segredo". "Secreto" também possui algum parentesco com sacrário.

206 O nome "Sílvia" seria um derivado de *silva, ae* (floresta, no Latim) e equivaleria a "filha da floresta" ou "da selva".

*O mundo, o sítio, tudo estava distante, vazio, feito de nada. Só um corpo existia, doía; o corpo de um menino, de Chico.*

## "O moinho"

O conto em questão enfoca o drama do personagem Chico, menino que, após a morte da mãe, se vê entregue aos cuidados de um padrinho que vai se transformar em verdadeiro déspota.

A morte a que se alude carrega em si a força de marco. Segundo o narrador, o falecimento da mãe desencadeia uma diáspora irreversível. Sem a esposa, o pai não teve forças para manter a agregação: "todos sentiam obscuramente que a família acabava naquele velório" (p. 94).

O mesmo sentimento também sintomaticamente se expressa na imagem do engasgo. No velório, "pai e filhos *estavam engasgados* com a certeza de que nunca mais se juntariam na mesma casa"[207].

A causa do engasgo, entretanto, não é a maçã que, simbolicamente, pôs a mocinha em repouso no aguarde do beijo da ressurreição. O fruto que os faz engasgar é a morte que, no contexto, é um pouco a morte de todos ou, ao menos, morte de todos em alguns papéis.

Na rede das correlações, a mãe, por sua vez, não traria em si o negativo que, nela, enxerga a Psicanálise, quando a associa a risco de opressão, oriundo da possibilidade de um prolongamento excessivo da função alimentadora e guia[208].

Na morte, "a significação mãe" deixa de ter qualquer ambivalência. Ela exclusivamente passa a ser "a segurança

207 P. 94; grifo nosso.

208 P/ cf. busque-se: Chevalier, Jean; Gheerbrant, Alain. *Dicionário de símbolos*. Coordenação de Carlos Sussekind; tradução de Vera da Costa e Silva e outros. Rio de Janeiro: José Olympio, 1989, p. 578.

do abrigo, do calor, da ternura e da alimentação"[209] que não mais existe.

No transe, então, pelo qual passam, os que ficam olham sem ver, segundo o texto[210]. No antagonismo, contudo, que há no fato (olhar sem ver) expressa-se a significação da perda. Ficar sem a mãe equivalia para os sobreviventes à perda de si mesmos.

Chico – a personagem central – é uma das expressões desta perda. Em nossa leitura, seria também contraponto ao Miguilim roseano[211] que – com os óculos do forasteiro – passa a ver. Encantado com tudo o que não vira até ali, tocado pela ternura dos olhos da mãe, ele parte em nome da vida que o lar não podia lhe oferecer, levado pelo viajante.

Já a personagem do conto de Otto, não. Ao deixar a casa, os irmãos e o pai, ele ruma para a escuridão. Para ele, "uma nova vida, cega, escura, [...] ia começar", segundo o texto (p.94). A luz, o solar, a mãe os retivera consigo.

Realçando a ideia de morte que acompanha Chico, a caracterização do padrinho não se fará de rogada. Conforme o enredo, ele "era enorme, tinha as costas caladas, hostis como uma parede" (p. 94). Também como lápide, em nossa ilação.

Pouco depois, o menino e seu corpo também descobrirão que o mesmo homem "andava sempre por perto, com o passo duro, a cara amarrada" (p. 95) e, em arremate de males, que tinha "a mão cruel" (p. 95).

Em meio ao inferno que se torna a vida de Chico, o irônico é que, segundo o narrador, o padrinho se oferecera "*piedosamente* para criar o menino no sítio" (p. 94)[212]. A suposta comiseração, porém, viria a equivaler à oportunidade de o mesmo padrinho exercer sobre o menino indefeso, desvalido, o seu covarde sadismo.

209 Veja a indicação anterior, à mesma página.

210 "A morte da mãe, de surpresa, deixou-os todos confusos, *olhando sem ver*" [p. 94; grifo nosso].

211 P/ cf. busque-se: Guimarães Rosa, João. *Manuelzão e Miguilim* ("Corpo de baile"). 3.ed. Rio de Janeiro: José Olympio, 1965.

212 Grifo nosso.

Em *Boca do inferno*, entretanto, sabemos que este comportamento não é incomum. Os padrinhos de "O moinho" e "Filho de padre" se comunicam e se irmanam na maldade, preenchendo de um teor corrompido o conteúdo do título.

Ambos, por sua vez, lembram a Dª Inácia de "Negrinha"[213] que, se dizendo muito católica e dada à misericórdia, mantinha a menina junto a si, como agregada da casa, mas para que a criança ocupasse a função de saco de pancadas, de receptáculo de tapas, croques e beliscões, vindos de uma interioridade tenebrosa.

Ao assim agir, o padrinho de Chico, novamente em cena e entretanto, tem morta a sua vocação paterna, tal como o menino recebe, na morte da mãe, avisos de sua própria morte que conhece etapas, até que se chegue ao literal.

Em meio à situação, no conto o menino tornou-se o animal acuado e introspectivo: "Chico, de olhos baixos, só via os próprios pés, sujos de lama (p. 96).

O padrinho (Rodolfo é seu nome), por sua vez, é, na articulação do texto, a força titânica ("depois, *como um raio*, caía de pancada em cima do menino, p. 96)[214] à qual, curiosamente, o menino em sua opção pela morte não se rendeu.

O que resta, então, a Chico, em meio a tais circunstâncias, é a fuga. No ato, a crença na vida ainda o impele. Paralelamente, há os incentivos de Rosário para a empresa. Que ele, Chico, vá para a chácara de Dora – a tia e personagem na qual o menino encontraria as lembranças mais próximas da mãe.

Com o padrinho, entretanto, no encalço, o que seria o paraíso para o menino transforma-se no espaço de sua morte. Buscando esconderijo, Chico refugia-se no moinho da propriedade e, ali, acaba por perceber o tenebroso de sua vida e assume a atitude fatídica.

---

213 "Negrinha" é conto de 1920 e empresta seu título à famosa antologia de Lobato. P/ cf. busque-se: Lobato, Monteiro. *Negrinha*. São Paulo: Brasiliense, 1967, pp. 03 a 12.

214 Grifo nosso.

Nesta circunstância, o último conto de *Boca do inferno* talvez dialogasse com uma das produções de Eça de Queirós. Também em um moinho, a personagem central de "No moinho"[215], conto queirosiano, recebe seu novo modo de ser.

No espaço em referência, Luísa torna-se outra mulher, por conta de um beijo recebido. Quanto a Chico, este cresce em força, transforma o medo em coragem e se mata, indo ao encontro da liberdade, face da morte menos comentada, porém possível[216].

Noutra perspectiva, a mesma morte pode ser ainda o encontro com a mãe, neste plano vista como imagem do retorno ao lar, como imagem da terra sem males.

Ao contrário, portanto, do cavaleiro da triste figura que enfrenta moinhos de vento, porque neles enxerga seres lendários, o menino, em sã consciência, vê as engrenagens em funcionamento e nelas se joga, querendo se salvar de um perigo maior, talvez o verdadeiro dragão.

O padrinho que o segue o tem como sua cria ("__ Qual, dona Dora, vim buscar minha cria", p. 103). Chico é seu, tornou-se posse. As atitudes de Rodolfo são os mesmos e antigos gestos da escravidão, as atitudes do senhor ante o escravo: "com a chibata na mão" (p. 103).

À indefesa figura do menino restam a fuga e a atitude do suicídio, diante do desejo quase antropofágico do padrinho de devorar-lhe a vida.

Antes, porém, do trágico fim, Chico passa por um episódio de latência. Entre a morte da mãe e a fuga, dois anos se vão.

As marcas visíveis e as invisíveis do menino comprovam a existência do triste período. Nele, corpo e interioridade estabelecem forte parceria e gestam a coragem para o enfrentamento adverso.

A resolução de fugir representa, no caso, este enfrenta-

215 P/ cf. busque-se: Queirós, Eça de. *Contos*. Rio de Janeiro: Tecnoprint S/A, s. d., pp. 34 a 40.

216 P/ cf. busque-se: Chevalier, Jean; Gheerbrant, Alain. *Dicionário de símbolos*. Coordenação de Carlos Sussekind; tradução de Vera da Costa e Silva e outros. Rio de Janeiro: José Olympio, 1989, pp. 621 a 623.

mento. Ela se torna o não, o basta às surras e à quase catatonia[217] na qual o menino mergulha entre uma agressão e outra.

O peso de existir nas condições adversas que cercam a criança a leva a se refugiar em si, na falta de qualquer outro refúgio.

No torpor no qual Chico cai, um pouco haveria da hibernação – empenho, em verdade, de refazer-se e, em nossa leitura, fugir ao próprio corpo, como se este fora uma casca.

Destes períodos de imersão arrancam-no as próprias bofetadas que lá puseram o menino. A ideia do movimento circular resume e expressa, para nós e por sua vez, o fato.

Chico, ciclicamente, entra e sai do torpor. Em extensão, vida e morte como que se sucedem no menino, lembrando um organismo com capacidade de metamorfose.

Por isto, não sem razão de ser, o texto associa a personagem ao mundo natural, aos espaços abertos, onde pastos, grotas, morros e céus se convergem para um cenário que envolve o menino em sua fuga.

Ainda no mesmo texto, se estabelece uma lírica parceria. Chico e animais pequenos se identificam e as imagens destes bichos são usadas para a representação interior da criança.

Deste modo, em meio à mata, fugindo, o menino é o coelho assustado (p. 100). Noutra contingência, será o cachorro tímido e olhar triste (p. 101). Antes, fora o rato que correu para debaixo da cama (p. 99). No caminho, a borboleta (p. 100) que lhe pousa na testa. Atrás do menino, entretanto, está o bicho agressivo e maior – a fera chamada padrinho.

No ritmo leve do texto (após a fuga) e na acentuada beleza plástica do espaço (também depois da fuga), esconde-se a imagem da caçada. Na cena, Chico personifica o animal acuado e em fuga. Já ao caçador não há referência. Ele, entretanto, ali está e fareja em sua escuridão e em seu silêncio.

---

217 P/ cf. busque-se: Piéron, Henri. *Dicionário de Psicologia*. 5.ed. Tradução de Dora de Barros Cullinan. Porto Alegre: Globo, 1977, p. 67.

No texto e sua construção, ainda outras imagens se sugerem, se fazem sentir. O menino, em suas características, aproxima-se de São Francisco e justifica o nome que tem. Rodolfo, entretanto, seria a fera que Chico não amansa, ora se apresentando como cobra ou como animal resfolegante e de ferraduras.

Ao padrinho e sua primeira animalização prende-se o "de repente" em sua força expressiva. Rodolfo sempre chega sub-repticiamente e dá o bote, revestido na mão que age: "a chicotada estava ali, inevitável como o bote de uma cobra" (p. 96).

Ao fim, na chácara de Dora, ele se troca pela figura do animal de sela e tom impositivo. No processo estilístico, Rodolfo faz-se no cavalo que chega em trote forte e cadenciado: "um ani*mal* bem fer*ra*do *pi*sou *fi*rme as *pe*dras do *pá*tio e *vei*o resfole*gar jun*to *à* es*ca*da" (p. 103)[218].

Voltando-se, entretanto, ao menino, ainda dizemos que, no conto, sua significação também se desdobra. Rodolfo será animal duas vezes; Francisco, duas vezes santo.

Ante o fato e a natureza de quase presépio em sua placidez ("as montanhas distantes, deitadas, imóveis como [...] animais e em repouso", p. 98), Chico traria algum parentesco com o Deus-menino na manjedoura, enquanto corpo e poder que se oferecem àqueles que o olham.

Na situação, divergiriam, todavia, os estados de alma dos personagens. Um deles se dá a conhecer na patena – o menino-Deus. Já o outro deseja ocultar-se na fuga e no temor que, ao mesmo tempo, faz Chico destoar do quadro bucólico, quase árcade que o cerca e contém. Na mesma divergência, contudo, faz-se uma junção de essência setecentista: o *locus* exterior será o *amenus*; já o interior, o *horrendus*.

A chegada à chácara da tia em nada altera a situação. Ao fundo do quintal, está o moinho – desdobramento de Rodolfo – e a morte que se reforça e se confunde na imagem

218 Grifos nossos.

da noite que chega e vai se espraiando, como também na sugestão do narrador: "Um súbito silêncio desconcertou a paz daquele recanto" (p. 104).

Na mesma cena, o moinho assume ainda a aparência do monstro que engole e devora. Chico, por sua vez, a imagem do desespero que o faz usar o corpo (o corpo que, até então, o padrinho tanto oprimira) como arma para barrar a fera.

A última imagem da morte faz-se na água que, após o moinho, sem razão ou sentido, teima em correr: "só a água continuava a correr, inútil" (p. 104)[219].

Ainda neste contexto, o moinho passa a viver no sacrifício do menino. Noutro plano, faz-se pedra sacrificial. Ao fim, para ele se encaminham, à procura de Francisco, o bem (Dora) e o mal (Rodolfo), alternando-se nas chamadas: "__ Francisco! Chico!" Nenhum deles, entretanto, ficará com a guarda.

219 A água que corre é primeiramente símbolo de vida que tem sua essência alterada, no conto, pelo adjetivo "inútil". Quanto à água e sua significação veja-se *Dicionário de símbolos*. P/ cf. busque-se: Chevalier, Jean; Gheerbrant, Alain. *Dicionário de símbolos*. Coordenação Carlos Sussekind; tradução de Vera da Costa e Silva e outros. Rio de Janeiro: José Olympio, 1989, pp. 15 a 22.

# V

*É a vida uma ferida*
*a pungir nalma das crianças?*[220].

No início de 1957, o livro *Boca do inferno* é publicado e começa a circular. Devido, entretanto, ao teor dos contos que o compõem, parte da crítica que o recepciona mostra-se-lhe adversa e o fato, segundo o que se apura em textos biográficos[221], melindra o autor e afeta o homem Otto Lara Resende.

Uma viagem ao estrangeiro, então, se processa e Otto, na situação de adido cultural, acompanhado da família, entre o segundo semestre de 1957 e o ano de 1960 (final do governo J.K.), permanece fora do país[222].

A acreditar-se em Lara Resende, a arrevesada recepção ao livro leva-o pessoalmente a pôr-se em prevenção com o escrito, sendo a causa do temor quanto a possíveis reedições.

---

220 Versos iniciais do poema "Meninos", publicado no *Correio da Manhã*, em 10 de Fevereiro de 1957, e escrito por Carlos Drummond de Andrade para saudar o lançamento de *Boca do inferno*.

221 O texto chamado "Quem é Otto Lara Resende", que é entrevista de 01 de Abril de 1975 a Paulo Mendes Campos, seria um deles. P/ cf. busque-se: Santos, Tatiana Longo dos (org.). *Três ottos por Otto Lara Resende*. São Paulo: Instituto Moreira Salles, 2002, pp. 55 e 56.

222 P/ cf. busque-se: Medeiros, Benício. *Otto Lara Resende* (Série "Perfis do Rio"). Rio de Janeiro: Relume Dumará, 1998, p. 93.

Posteriormente, Otto chamará de "esculhambação"[223] ao processo persecutório a que livro e, na extensão, ele – autor – foram submetidos, não deixando de lembrar, em socorro de sua ação evasiva, o rigor e mesmo o grotesco de algumas atitudes que contra sua pessoa se tomaram.

Obra e autor foram condenados em sermão de padre. Livro e escritor foram agredidos com dizeres em tinta fecal, impingidos à porta da casa de Lara Resende[224].

Contrário a Otto (sempre se dando crédito ao testemunho pessoal) põe-se o próprio pai, com parecer que, segundo o que se depreende, de fato causa entranhado mal-estar ao autor.

Sempre ligado à Igreja, teria Antônio Lara Resende se indisposto particularmente, segundo o escritor, com "Filho de padre", o primeiro dos contos[225], e esta crítica muito teria contribuído, parece-nos, para a opção da viagem.

Do estrangeiro correspondendo-se com amigos que, no Brasil, continuavam atentos à situação, Otto, por algum tempo, ainda pediu notícias da continuidade da repercussão de *Boca do inferno* que, mesmo à distância, possuía força, ao que tudo indica, para tocar e expor uma personalidade já magoada.

Aos poucos, entretanto, o adido vai, em Bruxelas, recuperando o equilíbrio e a autoconfiança que o lançamento, na repercussão em parte negativa, abalara. Os mesmos dias no estrangeiro paulatinamente também acabam por reorganizar a volta.

Fernando Sabino e Hélio Pellegrino, nas respectivas cor-

---

223 P/ cf. busque-se: Santos, Tatiana Longo dos (org.). *Três ottos por Otto Lara Resende*. São Paulo: Instituto Moreira Salles, 2002, p. 55.

224 À ocasião, acrimonioso, Autran Dourado teria dito, segundo Benício Medeiros, que "a metáfora de *Boca do inferno*, se materializava" no gesto. P/ cf. busque-se: Medeiros, Benício. *Otto Lara Resende* (Série "Perfis do Rio"). Rio de Janeiro: Relume Dumará, 1998, p. 73.

225 P/ cf. busque-se: Medeiros, Benício. *Otto Lara Resende* (Série "Perfis do Rio"). Rio de Janeiro: Relume Dumará, 1998, p. 73; Sabino, Fernando. *Cartas na mesa*. 2.ed. São Paulo: Record, 2002, p. 191.

respondências com o amigo, ajudam-no, em nosso entendimento, a estabilizar o espírito um tanto impressionável[226].

Conseguem também chamá-lo à realidade dos fatos, tocada de diversos aspectos, entre eles exageros, tanto de um lado – representantes da crítica –, quanto de outro – o próprio Otto Lara Resende[227].

Em meio à circunstância, o autor passava, não se pode negar, por um batismo[228], cabendo a ele, após o rito, dar continuidade à sua obra e à vida no Brasil.

Noutra vertente, estava, por sua vez, *Boca do inferno*, livro que, apesar das reservas de seu autor e de outros, naquele ano de 1957 com certeza obtinha lugar em nossa memória literária.

Escrever, entretanto, sobre a presença deste livro em nossa história da literatura implica diálogo com a crítica que o recepcionou, em arquivo montado pelo próprio Otto[229], e interações com informes diversos que vale resgatar.

Em vista do fato, nossa primeira preocupação é registrar que a crítica veiculada pela imprensa, quando do lançamento, pertence a uma geografia específica.

Após a publicação, manifestam-se acerca de *Boca do inferno* críticos e jornalistas que pertencem à triangulação Rio de Janeiro, Belo Horizonte e São Paulo, cabendo à primeira capital a irradiação do escrito.

Em segunda instância, trabalhamos com o parecer de que a maior parte da crítica dirigida ao livro curiosamente lhe foi favorável. Nos textos que o resenharam, constata-se muito mais a indicação de aspectos positivos na obra do que a de supostos negativos.

---

226 Sabino, Fernando. *Cartas na mesa*. 2.ed. São Paulo: Record, 2002, p. 191; Pellegrino, Antônia (org.). *Lucidez embriagada*. Rio de Janeiro: Planeta, 2004, p. 40.

227 "Habacuc" foi um dos apelidos que Hélio deu a Otto, em direta alusão ao poder de se lamentar que caracterizava o amigo, segundo nosso entendimento.

228 *Boca do inferno* é o primeiro escândalo que Otto protagonizou na vida, segundo Benício Medeiros. P/ cf. busque-se: Medeiros, Benício. *Otto Lara Resende* (Série "Perfis do Rio"). Rio de Janeiro: Relume Dumará, 1998, p. 70.

229 Para conferência, volte-se ao capítulo III deste ensaio.

Algumas das resenhas refratárias, todavia, exageram na contundência com a obra ("verdadeira decepção o segundo livro de Otto Lara Resende"[230]), e Otto, natureza de traço dramático, mais tocado por estas, enveredou o seu tanto pelo passional e deixou-se agredir em sua pessoalidade, esquecendo-se dos elogios.

No episódio, o fato se associa às manifestações de repúdio também já referidas e o livro, por algum tempo, se torna, para a sensibilidade do autor, um incômodo que, em nossa leitura, somente aos poucos abranda.

A aceitação e o reconhecimento dos livros posteriores[231] muito contribuem para a recuperação da segurança do escritor, sem se contar a mudança de certas vertentes sociais que, à frente, virão a nosso texto.

No quadro do lançamento, no entanto, vê-se a crítica contrária ao livro muito presa à associação entre "autor e homem", intensamente fundindo as duas posturas, como se não se pudesse fazer distinção mínima entre um valor e outro[232].

À ocasião, noutra vertente, encontra-se o próprio autor, vivendo, de algum modo, a mesma indistinção, possivelmente dissipada somente anos após, à medida que, como se disse, o escritor mais e mais se consolida e o trabalho do cronista, repercute.

Na crônica, a verdadeira postura do homem ante a infância e outros assuntos pungentes virá frontalmente à tona, deixando à mostra a essência humanista e compassiva de Otto. Textos como "Vai-te embora, menina morta"[233],

---

230 "Boca do inferno", resenha sem indicação de autoria, publicada na *Revista da Semana*, em 23 de Fevereiro de 1957.

231 *O retrato na gaveta* (contos), de 1962; *O braço direito* (romance), de 1963; *As pompas do mundo* (contos), de 1975.

232 J. C. de Oliveira Torres, em sua resenha "Boca do inferno", para *O Diário*, de Belo Horizonte, publicada em 19 de Fevereiro de 1957, pede justamente a distinção.

233 Crônica publicada no jornal *O Globo*, em 19 de Setembro de 1982.

"Cinto, vara, açoite"[234], "Cordiais, mas cruéis"[235] plenamente exemplificam e atestam nossa assertiva.

Neles, entretanto, expressa-se o homem maduro, contrário a toda inflexão, a toda atitude mais rude, se o assunto for infância ou adolescência.

Nos mesmos escritos, de algum modo, expressa-se ainda o autor que, em 1957, publicava *Boca do inferno*, mas, à ocasião, também seriamente preocupado, cremos, com a infância e os desvios de vida que a podem envolver e negativamente marcar.

Deste modo, apesar do quase unilateral da abordagem a que, no livro, o tema é submetido, o escritor positivamente envolvido com a infância, mas não um seu idealizador, neles se manifesta.

Assim, apesar da criança engolida pela dor ou com altos graus de competência para o mal, nas entrelinhas dos contos está o escritor solidário com o desditoso e indignado com o sofrimento.

A crítica refratária, no entanto e a que se aludia, em 1957 enxergava apenas o escritor que escrevia direito, mas, segundo ela, pensava oblíquo ou, ainda, o escritor que, embora claro nas palavras, seria tortuoso no significado[236].

De algum modo, em parte da mesma crítica de oposição, estaria implícita, em nossa leitura, a necessidade de perpetuação do perfil romântico da criança pura e inocente. Otto, entretanto, sabemos, admite a impureza na infância e explora o tema.

Há também, em seu livro, oposição de procedimentos entre seus protagonistas. Se Floriano e Betinho (entrando na adolescência) personificam a aludida impureza, Francisco, por sua vez, apresenta-se como alma que cativa por sua candura e mesmo, ao fim do conto, por seu destemor.

---

234 Crônica publicada no jornal *Folha de São Paulo*, em 13 de Agosto de 1992.

235 Crônica publicada no jornal *Folha de São Paulo*, em 22 de Agosto de 1992.

236 "Boca do inferno", resenha sem indicação de autoria, publicada na *Revista da Semana*, em 23 de Fevereiro de 1957.

Otto é ainda, sem o aspecto da filiação discipular, um continuador, salvo engano, dos procedimentos de Machado de Assis e Raul Pompéia ante a infância[237], fato ao qual já se fez referência e ao qual não se pode desprezar.

Em 1956, no entanto, um pleno contraste à circunstância estivera na cena literária, lembra-nos a crítica adversa[238]. *Rua do sol*, de Orígenes Lessa, estava sendo publicado[239].

A mesma crítica, contudo, não anuncia, em paralelo, que o romance de Lessa, em suas personagens centrais que são crianças, expressa uma infância contida não apenas formalmente no meio familiar, epicentro da lógica dos contos de Otto.

A referida crítica ainda não afirma que o escrito do maranhense ("um romance da inocência", segundo Casais Monteiro) deixa-se também habitar de meninos e meninas aos quais, acompanhados de uma invisível proteção, a vida generosamente permite alegrias e brincadeiras.

Também não menciona a citada crítica que, na mesma estrutura romanesca, a invisibilidade aludida se materializa na ação de pais que, atuantes e presentes, amam seus filhos, teor negado aos conteúdos de *Boca do inferno*.

A falta de candura das crianças de Otto seria ainda, divulgando-se certa leitura, ingerência do "freudismo" sobre o autor[240]. Este ramo da "psicologia moderna" teria "destruído por completo a idéia de pureza da infância" e, na contingência, induzido os aspectos negativos e centrais do livro.

Em outra observação, as crianças de *Boca do inferno* são também monstros[241], no desarrazoado que o termo possa

237 A resenha "Vida literária", sem indicação de autoria, publicada no *Jornal do Brasil*, em 24 de Janeiro de 1957, sintoniza-se com nosso raciocínio.

238 "Um livro de contos", resenha sem indicação de autoria, publicada no *Correio da Manhã*, em 13 de Fevereiro de 1957.

239 P/ cf. busque-se: Lessa, Orígenes. *Rua do sol*. 4.ed. Rio de Janeiro: Nórdica, 1973, 151 p.

240 Veja-se a nota 236.

241 "Os monstrinhos de Otto Lara Resende", resenha de Temístocles

expressar, e não, conforme a lógica dos contos, possibilidades do humano que, por extensão, na mesma essência se justificam.

Noutra vertente, há ainda o parecer de que Otto[242] "fez um livro sombrio e cruel, capaz de dar pesadelo" e que suas personagens infantis são todas meninos do S.A.M. - Serviço de Assistência ao Menor[243].

As histórias de *Boca do inferno*, contudo, pedem que lembremos que há uma unidade temática entre elas e que esta mesma unidade se expressa nos dramas tristes, mas infelizmente possíveis das personagens.

As histórias frisam, por isto, a importância da personagem infantil ou adolescente, apesar da negatividade que a estiver cercando, indicada em apreciação mais que duvidosa por parte da crítica.

Em reforço da ideia, ainda evidenciamos que, nos contos analisados, não há outro componente de narrativa de maior importância. As personagens infantis e adolescentes do livro são, de fato, o centro dos interesses. As narrativas de *Boca do inferno* são contos de personagens.

O quadro de vida que as cerca é, sabe-se e entretanto, verdadeiramente tétrico. No livro, não há criança sem o crivo do desengano. Assim, ajustando dizeres de Otto a nosso interesse, das personagens em questão afirmamos que são todas, mediante os teores das histórias que as contêm, "cavaleiros de um íntimo apocalipse"[244].

O último dos termos, entretanto, não estaria, em nosso texto, sendo utilizado em seu sentido literal. Em nossa

---

Linhares, publicada no *Diário de Notícias*, em 14 de Abril de 1957.

242 "Estórias e histórias", resenha sem indicação de autoria, publicada no jornal *O Estado de São Paulo*, em 12 de Fevereiro de 1957.

243 "O S.A.M. de Otto Lara Resende", resenha de Ruy Santos, publicada no jornal *Tribuna da Imprensa*, em 10 de Março de 1957.

244 A expressão é forjada por Otto, para designar o mais que famoso quarteto de mineiros: Fernando Sabino, Hélio Pellegrino, Lara Resende e Paulo Mendes Campos. P/ cf. busque-se: Medeiros, Benício. *Otto Lara Resende* (Série "Perfis do Rio"). Rio de Janeiro: Relume Dumará, 1998, p. 40.

escrita, sua significação seria a de "sofrimento" e, já que modificado por "íntimo", drama existencial intransferível.

No desenvolvimento do mesmo drama, vencem, por conseguinte, forças obscuras, cuja origem está ora na intimidade angustiada das mesmas crianças e adolescentes em destaque, ora nas práticas de vida dos adultos – interioridades quase sempre arrevesadas que fazem crianças sofrer.

A dramática e pesada situação a que se alude, porém, nos contos está no comum das estruturas, aflora quando menos se espera e das pessoas e ambientes menos suspeitos.

Há, por isto, nos contos, certa sintonia com a película de horror. Das atitudes de adultos depravados, dos procedimentos de meninos embrutecidos, salta das trevas para a cena a criatura aterradora, de cuja existência não suspeitávamos. A crítica positiva ao livro dá conta do fato[245].

De alguma forma e maneira, na verdade das narrativas, todos têm o seu lado negro, o seu lado porão e, nos teores dos contos, isto se põe como intrínseco à existência, à natureza humana.

Veiculando, então, estas induções, as imagens da infância e da adolescência oferecidas pelo livro portam a essencialidade descrita, contendo ainda atrás de si uma visão de mundo altamente pessimista, porém preocupada com a criança, no oferecimento do autor.

Detendo-nos nestes aspectos, diríamos que, em Otto, o gênero humano está banido do paraíso, que, por assim ser, nem mesmo crianças e adolescentes foram poupados. Apesar das tenras idades, suas interações com a vida são totais. Não há quem as proteja ou lhes abrande as penas.

Assim pensando, nas imagens da infância e da adolescência que se captam, a visão de mundo romântica em relação às faixas etárias referidas foi cabalmente superada.

---

245 "Recordamo-nos dos tempos de menino, quando íamos aos filmes de Drácula, Franskstein e outros bichos de meter medo"; "de qualquer maneira o livro é bom; manda mais". P/ cf. busque-se: "Mundo à parte", resenha de V. Cy, publicada no jornal *O Estado de São Paulo*, em 16 de Fevereiro de 1957.

Nos contos de *Boca do inferno*, quase sempre os adultos desumanizam a criança[246]. Quando levam o seu (dela) sofrimento ao auge, ela se reifica ou assume comportamento de outros animais[247], situação que as degrada, mas que, na inversa proporção, mostra o adulto também degradado que há no outro extremo.

O negativo que cerca a infância é, no livro que destacamos, a grande causa da forte pulsão de morte que crianças e adolescentes disseminam no mundo que as expressa.

Com isto, a sensação de que se está em uma morada infernal ou, mais propriamente, na iminência de nela cair (boca do inferno) ou entrar é algo flagrante. O inferno a que se alude, entretanto, não é o literal ou o da essencialidade puramente religiosa.

Em Otto, uma das palavras de ordem é "interioridade". Seria nela, seria no recôndito maior que tudo (no entanto em aparência delimitado pela casca do físico) que o verdadeiro fogo arderia.

Não se quer com isto dizer que, nos contos, não haja espaços concretos que se tornem infernais. Eles existem[248]; já os evidenciamos; e são espaços do cotidiano.

Eles estariam, porém, em sincronia, em articulação direta – refrisamos – com as interioridades tocadas pela aflição, pelo desengano ou, como se pôde diagnosticar, também pela malícia, pela maldade, pela perversão, pelo dia-a-dia, pelo lado monstro tanto de crianças quanto de adultos.

---

246 Atrelada ao adulto está, em nosso raciocínio, a família. Para os românticos, entretanto, a mesma família daria sempre proteção. Castro Alves veicula, em sua poesia, o parecer de que mesmo o escravo, em suas impossibilidades, defende e protege o rebento. O poema "Mater dolorosa" exemplifica o parecer. P/ cf. busque-se: Alves, Castro. *Os escravos*. São Paulo: Livraria Martins, s/d, p. 33.

247 Mesmo que um animal específico não seja citado, o narrador com frequência associa a imagem do animal à interioridade da criança acuada, amedrontada. Nos contos, as personagens centrais, em episódios críticos, passam por uma zoomorfização, via fala do narrador.

248 A gruta, a igreja, o banheiro, o porão, o cemitério, a sala de escritório, o moinho.

Não sem razão de ser, as personagens estão em certa desarmonia com o corpo. Na intensidade do sofrimento que a algumas envolve, ele se parece com uma ilusão de um outro ser[249].

Noutra perspectiva, é ainda a expressão da interioridade em desequilíbrio, da intimidade violada, tal como os espaços infernais concretos que se diagnosticaram, como se fora, em dada medida, o mesmo corpo um dos principais deles.

Em correlação com o teor destes pareceres, é preciso que, mais uma vez, se defenda a ideia de que não se podem perder de vista os dramas específicos de cada uma das personagens.

Eles – os dramas em referência – são sempre a chave para o entendimento de todos os aspectos elencados, como também, em nossa leitura, a afirmação de que não se trata o tempo todo dos tradicionais e já mencionados ritos de passagem.

Se o são, contêm, no entanto, um teor que as referências de nossa cultura obviamente afastariam dos ritos de passagem mais convencionais, hipótese remota a nosso ver.

Os dramas das personagens de *Boca do inferno* não poderiam ser alçados, em sua maioria, à condição de passagens significativas ou passagens às quais se queira reviver. Eles não são fatos ou acontecimentos que enxergássemos como degrau para episódio de ascensão ou plenitude.

Os acontecimentos a que aludimos seriam, quando pouco, o que se quer esquecer, sepultar. Eles são em suas marcas indeléveis, em sua negativa essência episódios de retenção e não de liberação do ser.

No livro de Otto, os níveis de violência que os supostos ritos portam apagam qualquer positividade. Em seus teores,

249 A expressão "ilusão de outro ser", no episódio, efetua interlocução com verso do poema "As contradições do corpo", do livro *Corpo*, de Carlos Drummond de Andrade. Na poesia, o eu-lírico dialoga com o seu corpo, como se o físico fosse forma independente do espírito, como se contivesse ao último, como se fosse o seu carcereiro. P/ cf. busque-se: Andrade, Carlos Drummond de. *Corpo*. 5.ed. São Paulo: Record, 1985, pp. 07 a 09.

eles se irmanam com a morte, apesar de, infelizmente, estarem dentro do possível da existência, ideia que percorre as entrelinhas dos contos.

Esse irmanar aludido justificar-se-ia, a nosso ver e por sua vez, na obsessão do autor, conforme seu depoimento[250], pelo assunto "morte". Segundo o escritor, ela seria o tema por excelência, o único que, de fato, importa e está presente.

Os contos de *Boca do inferno*, todavia, tratam da morte principalmente em seus desdobramentos. De algum modo, o que neles se detecta é o lúgubre tema da morte em vida, em nossa leitura desenvolvimento e perpetuidade do assunto essencial na visão do autor, com alguma certeza deslocada para a obra.

Na vida das crianças e adolescentes do livro, a mesma morte em vida corresponderia a desprezo e maus-tratos de diversas naturezas imputados às personagens centrais e o seu contraponto negativo, a partir dos mesmos personagens.

Noutros termos, seria ainda o pária que se engendra pela via da ação mórbida de adultos e as ações que o fato possibilita, tais como, para exemplo, o revide do homicídio[251].

Noutra esfera, estariam, por sua vez, as pesadas pulsões de morte que a criança dá jeito de concretizar, sem a aparente intermediação do adulto na origem de tudo[252].

No último extremo, há somente o mal impingido aos menores: a palavra que humilha, a disseminação do sentimento de culpa, o toque obsceno, o abuso sexual, a brutalidade dos injustificados castigos corporais.

A capacidade de gerar o sofrimento, entretanto, destaca o adulto. Em *Boca do inferno*, se bem analisarmos, este agente e o seu potencial negativo mais se evidenciam que a incômoda ideia da capacidade inata da criança para o mal.

Ante os fatos, a situação, por sua vez, não gera contrassensos. Em sua verdade, ela nos indica o quanto a ideia de família se encontra adulterada na órbita dos contos.

---

250 P/ cf. busque-se: Santos, Tatiana Longo dos (org.). *Três ottos por Otto Lara Resende*. São Paulo: Instituto Moreira Salles, 2002, p. 68.

251 Trindade, de "Filho de padre", será sempre o flagrante exemplo.

252 No caso, o exemplo é Floriano.

Já que de algum modo, quase tudo se dá, nas narrativas, na órbita do doméstico e no seio do familiar, na sua aparência de normalidade eles não seriam o espaço da proteção, da temperança, da vigilância saudável e necessária para com os menores.

Na verdade das narrativas, a família se mostra instituição vulnerável e há nesta lógica certa mordacidade. No sentido dos contos, o familiar é algo sob suspeita. Sua capa, no entanto, é a da placidez. O clima de cidade interiorana tudo corrobora.

Há no âmago do familiar a hipótese do mal. A sagrada família, mesmo quando fortemente ancorada no religioso, não se mostra tão santa assim. Mães, pais e correlatos (padrinhos e avós, por exemplo) podem ser (e são) maus, intolerantes, agressivos ou apenas desatentos.

Crianças e adolescentes (alguns ao menos) carregariam, por sua vez e na lógica instituída, a mesma competência. As adequadas possibilidades nos contos fazem-se presentes para explicitar tal certeza.

Com isto, talvez se pudesse dizer que, em seus sentidos, os contos destilam um certo e camuflado humor negro, de algum modo parte do pessimismo já aventado, parte de um desalento com o humano que, de certa forma, faz contato com o universo de certa literatura existencialista e católica de que Otto é caudatário.

Os mesmos pessimismo e desalento, contudo, não nos parecem vínculos com uma postura conservadora ante a vida e suas possibilidades. Em nossa opinião, a verdade, ao menos parcialmente, é outra nas entrelinhas das narrativas.

Antes do pessimismo, haveria, parece-nos, a incômoda consciência da linha tênue que separa o bem do mal, a verdade da mentira, a paz da guerra, a interioridade da exterioridade, o mundo sob controle do mundo da convulsão interior.

Com isto, o cenário das verdades absolutas desaparece e os papéis sociais (alguns deles) deixam de ser estereótipos. As personagens do livro de Otto estariam todas envolvidas por estas circunstâncias e, por isto, como são é que são essenciais[253].

Devido a tal, os adultos, para exemplo, mesmo quando nas posições pilares de pai e mãe, podem destruir[254]. O processo que a isto leva vem, por sua vez, marcado pela contradição. Os genitores prejudicam ou pela presença negativa ou pela pura ausência.

Aqueles que pelo último aspecto se destacam constituem, em nossa leitura, o maior dos prováveis paradoxos e isto se dá mais insistentemente em *Boca do inferno* com o masculino.

Ausente, o pai se torna o desejado, torna-se as expectativas de rompimento com um mundo de dor. Seria também uma última possibilidade de verdadeira comunicação entre o filho aviltado e os outros seres que o cercam ou, ainda, o recurso para que a criança não se fechasse definitivamente em si[255].

Noutra expectativa, encontra-se o pai ausente do qual não se fala nem da boca para dentro[256]. Ele, porém, tal como o anterior, deixa bem nítido o seu rastro de destruição. Sem vínculos com a vida do filho, de algum modo negou-lhe a humanidade.

Ainda distante, ficou sem diretamente viver com a criança o exercício da função paterna que é proteger. Sem presença, por motivo ao qual não se alude, deixa de oferecer ao filho o crucial para a estruturação psíquica[257], para o surgimento de uma subjetividade sadia e fraterna.

---

253 A crítica contrária ao livro, entretanto, não viu assim. "Otto se mostraria maior *se escrevesse sobre a vida feliz*" [grifo nosso]. P/ cf. busque-se: "Boca do inferno", resenha de Franklin Sales, publicada no jornal *Folha da Manhã*, em 10 de Março de 1957.

254 "Muito más são as crianças de Otto Lara Resende, *mas muito pior do que elas são os adultos que as cercam*" [grifo nosso]. P/ cf. busque-se: "Boca do inferno", resenha de Eneida, publicada no jornal *Diário de Notícia*, em 09 de Fevereiro de 1957.

255 O exemplo é Sílvia, de "O segredo".

256 O exemplo é o pai de Floriano, em "O porão".

257 P/ cf. busque-se: Dor, Joël. *O pai e sua função em Psicanálise*. Tradução de Dulce Duque Estrada. Rio de Janeiro: Jorge Zahar, 1991, p. 46.

Em terceira hipótese, há ainda o pai sequestrado da ideia de paternidade. Sem o feminino, não haveria para ele a possibilidade de perpetuar-se na função[258], fato que leva ao esfacelamento da família e mesmo à morte de um de seus membros. Este seria o pai que, em seu esvaziamento do sentido de paternidade, entregou o próprio filho ao carrasco, dando-lhe as costas.

Nestes mesmos pais, por conseguinte, ecoa o grito da unidade familiar quebrada. Os ausentes descritos, no entanto, teriam sido membros de uma estrutura familiar, cujo padrão não se distancia, parece-nos, do que é, ao menos em parte, a imagem para o mesmo assunto no presente.

As ideias a eles (aos pais) vinculadas indicam a pequena família e seu registro cotidiano, só que no âmbito de cidade pequena, interiorana[259]. Mesmo as com mais filhos se prendem, em verdade, à citada geografia e significação cultural[260]. Em sua essência e por sua vez, a família do último dos contos[261], apesar de rural, não chegaria de modo algum a padrão muito distinto das anteriores.

A ausência paterna, entretanto, de fato as desestrutura. Falta-lhes o pai, enquanto força de ordenação e também aglutinadora . Em linguagem freudiana, falta-lhes a simbologia do falo, cujo resgate implica redescobrir os valores da tradição associados ao masculino, sem qualquer incidência machista.

Por isto, aqui dizemos que o falo é potência geradora, é vida, é princípio de criação. Em seu valor estendido, é ordem, equilíbrio[262] – significados que indicam a causa da

---

258 É o caso do pai de Francisco, no último conto.

259 Resenhas de apresentação do livro também falam em "cidade imaginária mineira". P/ cf. busque-se: "São os de Minas", resenha sem indicação de autoria, publicada no jornal *O Globo*, em 29 de Janeiro de 1957.

260 O exemplo é a família de Gílson, de "Dois irmãos".

261 A referência, no caso, seria a família de Francisco, em "O moinho".

262 P/ cf. busque-se: Chevalier, Jean; Gheerbrant, Alain. *Dicionário de símbolos*. Coordenação de Carlos Sussekind; tradução de Vera da Costa e Silva e outros. Rio de Janeiro: José Olympio, 1989, p. 418.

desestrutura familiar da qual o pai estiver ausente, como também a daquela em que ele, presente, não cumprir sua função.

Todo o pai de *Boca do inferno*, entretanto, é problemático. Mesmo o pai presente se faz muito distante. Seu padrão é anterior às novas ideias e condutas que envolvem a paternidade[263]. Sua marca seria a intolerância, tal como se vê no procedimento dos padrinhos e do pai de Gílson, no segundo conto.

Não o envolvem as ideias da proximidade e participação. Os filhos ou os supostos são como que inimigos. Há concorrência entre eles, na mentalidade e no procedimento. Nas entrelinhas de suas atitudes, o pai estabelece disputa de espaço. Seu anseio é o controle.

Acreditamos também que, no fundo de sua essência, haja o medo de ser superado. Indiretamente, age como se o filho existisse, para a ele se sobrepor. Em sua indireta visão de mundo, o filho é estorvo e não aceitação; o filho estaria para concorrente e não companheiro. O filho seria ainda a prova da vida pequenina, de pouca perspectiva ou mesmo da derrota.

Ao final, com estes pais, nada mais esperado e compreensível que o Trindade homicida ou que o Chico de "O moinho", que escolhe o suicídio. Nada mais previsível, apesar de também chocante, que Gílson e seu gesto automutilador, mas também autoviolador, já que este é, de algum modo, o exemplo que o paterno lhe deu.

Com este conjunto de características, que pensamos de alguma pertinência, os mesmos pais-personagens ainda nos remetem, acreditamos, a um tema recorrente da cultura grega antiga.

Trata-se do já citado medo paterno de vir a ser superado e substituído pelos filhos ou descendentes. Dramático e conhecido exemplo é o de Laios, no *Édipo rei*, tragédia de

263 Mary Del Priore, em texto intitulado "Amor de pai", argumenta sobre o novo sentimento da paternidade. Aos novos pais, a autora os chama de "pães", um misto de pai e mãe. P/ cf. busque-se: Del Priore, Mary. *Histórias do cotidiano*. São Paulo: Contexto, 2001, p. 39.

Sófocles. Mais recuado e consistente exemplo, no entanto, oferecem-nos também os mitos da criação na mesma cultura.

Em sua sanha, projeta-se em dimensões Cronos[264], o pai que devora os filhos no episódio do nascimento deles, temendo que o destronem, tal como ele outrora já o fizera com o próprio pai, extirpando-lhe nada menos que os testículos, centro simbólico da força masculina e do poder de (pro)criação que, se gera rivalidades na mitologia, reverte-se particularmente em sofrimento para os filhos e descendentes em *Boca do inferno*.

Ele – o pai – reverte-se também, em extensão, na impossibilidade de a infância vir a positivamente se realizar, comprometendo-se, deste modo, o adulto do amanhã, sempre entrelaçado, acreditamos, a esse pai mal resolvido e presente na interioridade do filho.

Os tentáculos da tragédia, desta forma, se estendem sobre a vida de crianças e adolescentes no livro de Otto. Nessa expansão, a mesma tragédia e seus componentes colocam genitores e filhos no microscópio.

Os sentimentos, no entanto, desencadeados pelo gesto acabam, sabemos, não sendo os mais positivos. Se, por um lado, *Boca do inferno* resgata vidas circunscritas ao anonimato e à mesmice da existência cotidiana, por um outro lado entrelaça-se às ideias de que o drama é de todos e de que pessoas vistas tão de perto, de modo algum aparecem bem ou no melhor de si.

A mesma significação, ainda e a nosso ver, curiosamente se prende em Otto ao fato de que toda a aparência é, no fundo, equívoca. Há um pedido explícito para que não nos fiemos nela.

O resultado das leituras do autor estabelece um distanciamento entre a mesma aparência e a essência. E este último valor não se revela, pelo que se sabe, algo agradável de constatar. Seu sinônimo estaria no profundo sofrimento

264 P/ cf. busque-se: Guimarães, Ruth. *Dicionário de mitologia grega*. São Paulo: Cultrix, 1995, p. 116.

ou perversão, característica que, de alguma forma, é dor invertida.

Apesar desta amarga constatação, as histórias de *Boca do inferno* nos são contadas sob este prisma. A ordem que as rege seria o mergulho na interioridade. A situação que, a partir deste fato, se desencadeia se torna a do mundo às avessas, contado e desvendado de dentro para fora, via personagem.

Em paralelo, a grande densidade do mundo interior quase que o torna independente da exterioridade. Nos textos em voga, os vocábulos em referência pouco se cruzam. Estão mais para movimentos antagônicos, sem se negarem totalmente entretanto.

Embora haja relação de mútua dependência, a mesma relação nem sempre é a mais visível. Em *Boca do inferno*, o reino é (quer ser) o dos movimentos interiores e, como já se disse, do tempo vivencial das personagens. O invisível, todavia, está contido no visível e o livro não nega o fato.

Interioridade e tempo vivencial ainda pertencem a pessoas que, flagradas no processo de leitura, indubitavelmente se encontram nos piores dias de suas vidas. Expressão contundente da situação é o já mais que mencionado sofrimento, uma condição do existir.

Parte da mesma circunstância ainda seria, em arremate de males, a lembrança de certa atmosfera dostoievskiana. O seu universo de humilhados e ofendidos, não sendo prerrogativa apenas de Otto, de algum modo dá sinais em *Boca do inferno* e pede resgate.

Ligados, a nosso ver, a esta lógica, estão presentes, nos contos, personagens marcados por um histórico de vida simples e comezinha, quase desvalida, parte de um contexto interiorano e sem grandes expectativas.

Em segunda constatação, os mesmos personagens (sem tom de menosprezo às suas existências) estão ainda imersos no cotidiano e fogem à lógica dos gestos de bravura e heroísmo.

Também fazem parte de um mundo do qual foi banida qualquer expressão mais flagrante de ironia ou humor ou descontração. A bem da verdade, estão, o tempo todo, sob a ameaça de um cautério que lhes paira sobre as almas e os corpos e do qual não há como se esquivar.

Nos contos, crianças e adultos, ainda e indistintamente, estão sob a crise, porém não se acrisolam. Ao humano interdita-se, na atmosfera reinante, a remissão. Por intermédio dele, o autor, em verdade, está versando matéria de algum modo escandalosa, incômoda e, sem temer excesso, proibida.

O modo de narrá-la, entretanto, não é naturalista. Este processo está alheio à técnica narrativa dos contos, apesar de, em essência última, a maioria das crianças de *Boca do inferno* ser fruto de um meio contaminado, ser também "rejeitada" e "marginal", tal como indica Hélio Pellegrino[265].

Pensamos que são também seres abandonados às próprias experiências, expostos ao pecado e à ausência de amor. Ao mesmo tempo, elas (particularmente as crianças) são olhos para que o universo, o circundante, o social vejam a si mesmos e redescubram a atitude ética do cuidar.

Por isto, se conveniente nosso raciocínio, a lógica do livro traz parentesco e não distante com a visão de mundo do autor russo indicado, de quem transborda cristã solidariedade com o que sofre.

Otto, tal como ele, lembra que o ser humano é um nó de relações e pede em suas entrelinhas que não haja excluídos. Solicita também que se extingam, outrossim, os pais de coração duro e mão pronta para a agressão ou, noutra essência, para o gesto que afasta.

---

265 "Boca do inferno", resenha de Hélio Pellegrino, publicada no *Jornal do Brasil*, em 28 de Março de 1957.

# Conclusão

Quase vinte anos após o lançamento de *Boca do inferno*, em entrevista a Paulo Mendes Campos[266], Otto dirá que seu livro é escrito inocente, que nele sequer há palavrões e que ele – o livro – não merecia a reserva com a qual fora, em parte, recebido.

Também dirá que, se o livro fosse editado naqueles dias (1975), provavelmente não gerasse o estranhamento que em dada medida desencadeou.

Em virtude das modificações sociais ocorridas, Otto trabalhava a hipótese de que, naquele novo presente, a mentalidade era outra. Na sugestão dos dizeres do autor, o dilemático quadro social, que se estampava vinte anos após, provavelmente garantisse diferente recepção.

A verdade do fato, entretanto, não haveria modo de a constatar. À ocasião, da entrevista, o autor não falava em reedição e se esquivava de convites.

Até a morte, Otto, no período de outros quase vinte anos que ainda se seguiram, mantém o procedimento, sustentando, contudo, uma tensão ou uma polêmica que deixou lembrança permanente, cremos, na história de nossa literatura.

Em paralelo, aqueles que, para alguns, são os monstrinhos do autor também resistiram ao tempo.

Na acepção do designativo, entretanto, eles continuam tendo algo a revelar. Lembra-nos a etimologia que mostrar é

266 P/ cf. busque-se: Santos, Tatiana Longo dos (org.). *Três ottos por Otto Lara Resende*. São Paulo: Instituto Moreira Salles, 2002, pp. 24 a 64.

a função do monstro. Em meio ao que se mostra, por nossa vez, precisamos nos encontrar e mais e mais perceber.

No mundo contemporâneo, paranoias à parte, nossas crianças e adolescentes vivem expostos e pedem atenção. Os sortilégios são diversos. Apesar da morte do demônio, perigos, espaços e pessoas infernais indubitavelmente existem, estão em meio a nós e tentam cooptar.

# Referências bibliográficas


ABBAGNANO, Nicola. *Dicionário de filosofia*. Coordenação e revisão de Alfredo Bosi; tradução de Ivone Castilho Benedeti. São Paulo: Martins Fontes, 2003.

ABRAMOVICH, Fanny (org.). *O estranho mundo que se mostra às crianças*. São Paulo: Summus Editorial, 1983.

_________. *O mito da infância feliz*. São Paulo: Summus Editorial, 1983.

_________. *Sadismo de nossa infância*. São Paulo: Summus Editorial, 1985.

_________. *Ritos de passagem de nossa infância e adolescência*. São Paulo: Summus Editorial, 1983.

ABREU, Casimiro. *As primaveras*. São Paulo: Livraria Martins Editora, s/d.

ALENCASTRO, Luiz Felipe de (org.). *História da vida privada no Brasil* (vol. II). São Paulo: Companhia das Letras, 1998.

ALVES, Castro. *Os escravos*. São Paulo: Livraria Martins, s/d.

ANDRADE, Carlos Drummond de. *Corpo*. 5ª ed. Rio de Janeiro: Record, 1985.

ANDRADE, Mário de. *Contos novos*. Belo Horizonte: Villa Rica, 1990.

ANJOS, Cyro dos. *Montanha*. 1ª ed. Rio de Janeiro: José Olympio, 1956.

ARIÈS, Philippe; DUBY, Georges. *História da vida privada. Da Renascença ao século das luzes*. São Paulo: Companhia das Letras, 1993.

_________. *História social da criança e da família*. Rio de Janeiro: Guanabara, 1981.

ARRUDA, Maria Arminda do Nascimento. *Mitologia da mineiridade*. São Paulo: Brasiliense, 2000.

ASSIS, Machado. *Obra completa* (3 vol.). Rio de Janeiro: Nova Aguillar, 1979.

BADINTER, Elisabeth. *Um amor conquistado: o mito do amor materno*. Tradução de Waltensir Dutra. São Paulo: Círculo do livro S.A., 1980

BARTHES, Roland. *O prazer do texto*. Tradução de J. Guinsburg. São Paulo: Perspectiva, 1993.

BENJAMIN, Walter. *Reflexões: a criança, o brinquedo, a educação*. São Paulo: Summus Editorial, 1984.

BETTELHEIM, Bruno. *A psicanálise dos contos de fadas*. São Paulo: Paz e Terra, 2002.

BLOCH, Arnaldo. *Fernando Sabino* (Série "Perfis do Rio"). Rio de Janeiro: Relume Dumará, 2000.

BOSI, Alfredo. *O conto brasileiro contemporâneo*. São Paulo: Cultrix, 2003.

_________. *História concisa da literatura brasileira*. São Paulo: Cultrix, 1974.

BUESCO, Ana Isabel. *Imagens do príncipe*. Lisboa: Edições Cosmos, 1996.

BURKE, Peter. *As fortunas d'O Cortesão*. São Paulo: Unesp, 1997.

_________. *Cultura popular na idade média*. São Paulo: Companhia das Letras, 1998.

CANDIDO, Antonio. *Formação da literatura brasileira* (4 vol.). São Paulo: Livraria Martins Editora, 1959.

CARVALHO, José Murilo de. *A formação das almas. O imaginário da república no Brasil*. São Paulo: Companhia das Letras, 1990.

CASTIGLIONE, Baldassare. *O cortesão*. São Paulo: Martins Fontes, 1997.

CHEVALIER, Jean; GHEERBRANT, Alain. *Dicionário de símbolos*. Coordenação de Carlos Sussekind; tradução de Vera da Costa e Silva e outros. Rio de Janeiro: José Olympio, 1989.

COLASANTI, Marina. *A morada do ser*. Rio de Janeiro: Record, 2004.

DARNTON, Robert. *Bohemia literária e revolução*. Tradução de Luís Carlos Borges. São Paulo: Companhia das Letras, 1987.

DEL PRIORE, Mary (org.). *Esquecidos por Deus. Monstros no mundo europeu e ibero-americano*. São Paulo: Companhia das Letras, 2000.

__________. *História da criança no Brasil*. São Paulo: Contexto, 1992.

__________. *História das mulheres no Brasil*. São Paulo: Contexto, 1997.

__________. *Histórias do cotidiano*. São Paulo: Contexto, 2001.

__________. *Festas e utopias no Brasil colonial*. São Paulo: Brasiliense, 1994.

DOR, Joël. *O pai e sua função em Psicanálise*. Tradução de Dulce Duque Estrada. Rio de Janeiro: Jorge Zahar, 1991.

DOURADO, Autran. *Uma poética do romance. Matéria de carpintaria*. Rio de Janeiro: Rocco, 2000.

__________. *Solidão solitude*. Rio de Janeiro: Record, 1983.

ELIADE, Mircea. *O sagrado e o profano. A essência das religiões*. Tradução de Rogério Fernandes. Lisboa: Edição Livros do Brasil, s/d.

ELIAS, Norbert. *O processo civilizador* (2 vol.). Rio de Janeiro: Jorge Zahar, 1995.

ENGELS, Friedrich. *A origem da família, da propriedade privada e do estado*. São Paulo: Global, 1986.

FOUCAULT, Michel. *O que é um autor?* Tradução de José Bragança de Miranda e Eduardo Cordeiro. Lisboa: Veja, 2002.

__________. *Vigiar e punir*. Rio de Janeiro: Vozes, 1994.

FREITAS, Marcos Cezar de; KUHLMANN JR., Moysés (org.). *Os intelectuais na história da infância*. São Paulo: Cortez Editora, 2002.

FREUD, Sigmund. *O futuro de uma ilusão*. Tradução de José Octávio de Aguiar Abreu. Rio de Janeiro: Imago Editora, 2001.

__________. *O mal-estar na civilização*. Tradução de José Octávio de Aguiar Abreu. Rio de Janeiro: Imago, 2002.

FREYRE, Gilberto. *A vida social no Brasil nos meados do século XIX*. Recife: Fundação Joaquim Nabuco / Editora Massangana, 1985.

__________. *Casa grande e senzala*. Rio de Janeiro: Record, 2003.

__________. *Perfil de Euclides e outros perfis*. Rio de Janeiro: Record, 1987.

__________. *Sobrados e mucambos* (2 vol.). Rio de Janeiro: José Olympio, 1977.

_________. *Vida social no Brasil nos meados do século XIX*. Recife: Massangana, 1985.

GIRAR, René. *A violência e o sagrado*. Tradução de Marta Conceição Gambini. 2ed. São Paulo: Editora Paz e Terra, 1998.

GRACIAN, Baltasar. *Oráculo manual e arte de prudência*. Rio de Janeiro: Ediouro, s/d.

GUIMARÃES ROSA, João. *Manuelzão e Miguilim* ("Corpo de Baile"). 3ª ed. Rio de Janeiro: José Olympio, 1965.

GUIMARÃES, Ruth. *Dicionário de mitologia grega*. São Paulo: Editora Cultrix, 1995.

GUINSBURG. J. *O romantismo*. São Paulo: Editora Perspectiva, 1985.

HUGO, Victor. *Os miseráveis*. Tradução de José Maria Machado. São Paulo: Clube do Livro, 1958.

KAYSER, Wolfgang. *O grotesco*. São Paulo: Perspectiva, 2002.

LOBATO, Monteiro. *Negrinha*. São Paulo: Brasiliense, 1976.

LUCAS, Fábio. *Horizontes da crítica*. Belo Horizonte: Editora da U.F.M.G., 1965.

MANN, Thomas. *José e seus irmãos* (4vol.). Tradução de Agenor Soares de Moura. Rio de Janeiro: Nova Fronteira, 1983.

MEDEIROS, Benício. *Otto Lara Resende* (Série "Perfis do Rio"). Rio de Janeiro: Relume Dumará, 1998.

MELLO E SOUZA, Gilda. *O espírito das roupas. A moda no século dezenove*. São Paulo: Companhia das Letras, 2001.

MENDES CAMPOS, Paulo. *Brasil brasileiro*. Rio de Janeiro: Civilização Brasileira, 2000.

_________. *Murais de Vinícius e outros perfis*. Rio de Janeiro: Civilização Brasileira, 2000.

NUNES, Benedito. *O tempo na narrativa*. São Paulo: Ática, 1988.

NUNES, Flávia Maria de Oliveira. *Notas ... Notas à mão cheia*. São Paulo: Universidade de São Paulo: FFLCH, Dissertação de mestrado, 2004.

OLINTO, Antônio. *Cadernos de crítica*. Rio de Janeiro: José Olympio, 1959.

PASTOUREAU, Michel. *No tempo dos cavaleiros da Távola Redonda*. Tradução de Paulo Neves. São Paulo: Companhia das Letras, 1989.

PÉCORA, Alcir (org.). *A arte de conversar. Morellet e outros*. Tradução de Edmir Missio e Maria Ermantina Galvão. São Paulo: Martins Fontes, 2001.

__________. *A arte de morrer*. São Paulo: Nova Alexandria, 1994.

__________. *Antônio Vieira. Sermões*. Tomo I. São Paulo: Hedra, 2001.

PELLEGRINO, Antônia (org.). *Lucidez embriagada*. São Paulo: Planeta, 2004.

PELLEGRINO, Hélio. *A burrice do demônio*. Rio de Janeiro: Rocco, 1988.

PEREIRA, Antônio Olavo. *Marcoré*. Rio de Janeiro: José Olympio, 1987.

PEREZ, Renard. *Escritores brasileiros contemporâneos*. Rio de Janeiro: Civilização Brasileira, 1964.

PERROT, Michelle (org.). *História da vida privada* (vol. 4). Tradução de Denise Bottmann e Bernardo Joffily. São Paulo: Companhia das Letras, 2006.

PESSANHA, José Américo Motta (org. e sel. de textos). Gaston Bachelard. Os pensadores. São Paulo: Abril cultural, 1978.

PICCHIO, Luciana. *História da literatura brasileira*. Rio de Janeiro: Nova Aguilar, 1997.

PIÉRON, Henri. *Dicionário de Psicologia*. 5ed. Tradução de Dora de Barros Cullinan. Porto Alegre: Globo, 1977.

PIRES, Paulo Roberto. *Hélio Pellegrino* (Série "Perfis do Rio): Rio de Janeiro: Relume Dumará, 1998.

POMPÉIA, Raul. *O Ateneu*. 8ed. Rio de Janeiro: Livraria Francisco Alves, 1956.

PORTELLA, Eduardo. *Dimensões II*. Rio de Janeiro: José Olympio, 1970.

QUEIRÓS, Eça. *Contos*. Rio de Janeiro: Tecnoprint S/A, s/d.

RAMOS, Graciliano. *Infância*. Rio de Janeiro: Record, 1980.

REGO, José Lins do. *Meus verdes anos*. Rio de Janeiro: José Olympio, 1956.

RESENDE, Antônio Lara. *Memórias* (2 vol.). Belo Horizonte: Distribuidora Record de Serviços da Imprensa S/A, 1972.

RESENDE, Otto Lara. *A boca do inferno*. São Paulo: Companhia das Letras, 1994.

__________. *As pompas do mundo*. São Paulo: Círculo do Livro, s/d.

__________. *A testemunha silenciosa*. São Paulo: Companhia das Letras, 1995.

__________. *Bom dia para nascer*. São Paulo: Companhia das Letras, 1998.

__________. *O braço direito*. São Paulo: Companhia das Letras, 1994.

__________. *O príncipe e o sabiá*. São Paulo: Companhia das Letras / Instituto Moreira Salles, 1994.

__________. *O retrato na gaveta*. São Paulo: Círculo do Livro, s/d.

RIBEIRO, Renato Janine. *A etiqueta no antigo regime: do sangue à doce vida*. São Paulo: Brasiliense, 1982.

SÁ, Olga de. *A escritura de Clarice Lispector*. Petrópolis: Vozes, 2000.

SABINO, Fernando. *A mulher do vizinho*. Rio de Janeiro: Record, 1997.

__________. *Cartas na mesa*. Rio de Janeiro: Record, 2002.

__________. *Cartas perto do coração*. Rio de Janeiro: Record, 2003.

__________. *Deixa o Alfredo falar*. Rio de Janeiro: Record, 1976.

__________. Gente. Rio de Janeiro: Record, 1996.

__________. *O encontro marcado*. Rio de Janeiro: Record, 1983.

__________. *O tabuleiro de damas*. Rio de Janeiro: Record, 1988.

SALIBA, Elias Thomé. *As utopias românticas*. São Paulo: Estação Liberdade, 2003.

SANTOS, Tatiana Longo dos (org.). *Três ottos por Otto Lara Resende*. São Paulo: Instituto Moreira Salles, 2002.

SILVA, Alberto da Costa e. *Castro Alves* (Série "Perfis brasileiros"). São Paulo: Companhia das Letras, 2006.

SILVERMAN, Malcolm. *Moderna ficção brasileira 2*. Rio de Janeiro: Civilização Brasileira; Brasília: I.N.L., 1981.

__________. *O novo conto brasileiro*. Rio de Janeiro: Nova Fronteira, 1985.

SPALDING, Tassilo Orpheu. *Dicionário da mitologia greco-latina*. Belo Horizonte: Itatiaia Ltda, 1965.

STAROBINSKY, Jean. *As máscaras da civilização*. São Paulo: Companhia das Letras, 2001.

_________. *1789. Os emblemas da razão*. Tradução de Ana Lúcia Machado. São Paulo: Companhia das Letras, 1989.

THOMAS, Keith. *O homem e o mundo natural*. Tradução de João Roberto Martins Filho. São Paulo: Companhia das Letras, 2001.

VASCONCELOS, Sandra Guardini. *Dez lições sobre o romance inglês do século XVIII*. São Paulo: Boitempo, 2002.

VILLAÇA, Antônio Carlos. *Degustação*. Rio de Janeiro: José Olympio, 1994.

_________. *O nariz do morto*. 2ed. Rio de Janeiro: Rocco, 1975.

_________. *O pensamento católico no Brasil*. Rio de Janeiro: Civilização Brasileira, 2006.

WERNECK, Humberto. *O desatino da rapaziada*. São Paulo: Companhia das Letras, 1998.

Porto de Idéias
EDITORA

www.portodeideias.com.br

IMPRESSO NA GRÁFICA sumago
**sumago** gráfica editorial ltda
rua itauna, 789 vila maria
**02111-031** são paulo sp
tel e fax 11 **2955 5636**
**sumago**@sumago.com.br